Nella Beinen

Das Leben ist so einfach

AF140377

Das Buch

Jonas ist gerne für sich. Er genießt die Ruhe und vermeidet es, neue Menschen kennenzulernen. Da tritt unverhofft Erik in Jonas Leben und wirbelt es mit seiner Unbekümmertheit und seinem Frohsinn gehörig durcheinander.

Nach anfänglicher Unsicherheit fasst Jonas Vertrauen und lässt sich bald ganz auf die aufkeimende Beziehung ein. Doch schnell stößt Jonas an seine Grenzen. Er muss sich seinen Ängsten stellen, die er jahrelang von sich geschoben hat.

Die Autorin

Nella Beinen stammt aus Norddeutschland und hat ein bewegtes Leben hinter sich. Von der Lüneburger Heide aus zog es sie nach Essen, Spiekeroog, Bonn und jetzt ist sie am Niederrhein sesshaft geworden.

Am Niederrhein hat sie angefangen, all den Wörtern in ihrem Kopf in die Freiheit zu verhelfen und so ist ihr Erstlingswerk *Und dann passierte das Leben ...* entstanden.

Bereits erschienen als Taschenbuch und Ebook:
Und dann passierte das Leben ...
Wie ein Kuss alles veränderte
Glück vom Umtausch ausgeschlossen
56 Punkte zum Glück

Kurzgeschichten nur als Ebook erschienen:
Reise in die Vergangenheit: Neues von Tobias und Florian
Ein neues Zuhause: Authorschallenge

Nella Beinen

Das Leben ist so einfach

ROMAN

Bibliografische Information der Deutschen Nationalbibliothek:
Die Deutsche Nationalbibliothek verzeichnet diese Publikation in der
Deutschen Nationalbibliografie; detaillierte bibliografische Daten
sind im Internet über http://dnb.dnb.de abrufbar.

Lektorat: Daniela Seiler www.textkabinettchen.de

Korrektorat: Julia K. Hilgenberg www.faselwesen.de

Cover: Casandra Krammer www.casandrakrammer.de

Covermotiv: © lhg_com, photographeeasia freepik.com

Buchsatz: Karl-Heinz Zimmer
gesetzt aus der EB Garamond
erstellt mit *SPBuchsatz*

TWENTYSIX – der Self-Publishing-Verlag
Eine Kooperation zwischen der Verlagsgruppe
Random House und BoD – Books on Demand

Herstellung und Verlag: BoD – Books on Demand, Norderstedt

ISBN: 978-3-7407-7152-2

Warnung:

In diesem Buch geht es um Angststörung, Panikattacken, körperliche Gewalt und Mobbing.

1

»Mist, jetzt habe ich tatsächlich mein Portemonnaie zu Hause vergessen«, stöhnte ich verzweifelt an der Kasse auf, sah mich hektisch um und begann zu schwitzen. Hinter mir waren drei weitere Kunden, zwei davon zogen auffordernd die Augenbrauen hoch, als sich unsere Blicke trafen. Nur der Mann direkt hinter mir war die Ruhe selbst und nickte mir freundlich zu.

Wo hatte ich das Portemonnaie nur hingesteckt? Zum dritten Mal wühlte ich meine Hosen- und Gesäßtaschen durch, aber bis auf zwei Bonbons und ein gebrauchtes Taschentuch förderte ich nichts zutage. Ich hatte es doch eingepackt, oder lag es noch auf der Kommode im Flur? Mal wieder richtig typisch für mich.

Die Kassiererin schaute mich fragend an. »Soll ich alles stornieren? Dann müssen Sie die Sachen wegräumen. Das kann so nicht liegen bleiben«, keifte sie mich genervt an.

»Ich muss nach Hause, Geld holen. Kann ich das nicht im Einkaufswagen hier stehenlassen, bis ich zurück bin? Das sind nur zwanzig Minuten«, bat ich sie.

»Woher soll ich wissen, ob Sie wirklich wiederkommen?«, fauchte sie mich an. Shit, Shit, Shit, dachte ich. Warum nur immer ich? Erneut drehte ich mich zu den Wartenden um. Es war einer dazugekommen. Ich fuhr mir durch die Haare.

»Wie viel ist es denn? Das kann ja nicht so teuer sein, das bisschen Gemüse und Fleisch«, hörte ich den Kunden hinter mir, der mir freundlich zugenickt hatte. Er hatte sein Portemonnaie bereits geöffnet in der Hand und holte nun einen 50 Euro-Schein heraus.

»23,15 Euro«, erwiderte die Kassiererin.

Der fremde Mann hinter mir streckte der Verkäuferin das Geld hin, die schnell danach griff, bevor ich widersprechen konnte. Dann wandte sich der Fremde mir zu und lächelte mich an, seine Augen strahlten regelrecht.

Was passierte hier denn jetzt? Während ich noch dabei war, zu begreifen, was hier abging, nahm der Fremde sein Wechselgeld und den Bon entgegen.

»Warten Sie gleich auf mich?«, fragte er mich und riss mich aus meiner Starre.

»Klar. Danke«, antwortete ich mechanisch und räumte meine Einkäufe in meine Tasche. Am Ende der Kasse blieb ich stehen. Am liebsten hätte ich mein Geld geholt, dann hätte ich jetzt nicht auf einen fremden Menschen warten müssen.

Als er zu mir trat, stellten wir uns ein wenig abseits, um nicht im Weg zu stehen. An den anderen Kassen war genauso viel los wie bei unserer und die Leute eilten mit ihren Einkaufstaschen an uns vorbei.

»Ähm, also nochmals vielen Dank. Sie haben großes Vertrauen in die Menschen. Ich hätte auch verschwinden und Sie auf Ihren Kosten sitzen lassen können«, meinte ich.

»Sie sehen nicht so aus, als ob Sie türmen würden und wenn, kann ich die Summe verschmerzen. Außerdem wollte ich Sie eh ansprechen.« Er lächelte mich wieder an.

Oh nein, was erwartete er jetzt von mir? Wollte er mich etwa nach einem Date fragen? Mein Puls schoss in die Höhe. Ich ging nicht auf Dates. Es reichte mir schon, dass ich mich mit ihm unterhalten musste, wegen des blöden Geldes.

»Schreiben Sie mir Ihre Kontoverbindung auf, dann überweise ich Ihnen die Summe.« Damit wäre das Thema für mich erledigt und ich hätte ihn nicht mehr an der Backe. Wieso hatte ich überhaupt zugelassen, dass er meine Einkäufe bezahlte? Wäre ich nur nach Hause gefahren, dann hätte ich mir das ganze Gerede hier ersparen können. Ich steckte die Hände in die Hosentaschen und wippte ungeduldig mit einem Fuß. Ich wollte das hier so schnell wie möglich beenden.

»Das können wir so machen oder ich komme mit zu Ihnen, hole mir mein Geld und alles ist geklärt. Ich bin übrigens Erik.«

Ich erstarrte. Er wollte bitte was? Mit zu mir? Ich schüttelte den Kopf. Auf gar keinen Fall. Ich hasste Besuch. Niemand, den ich nicht kannte, kam in meine Wohnung. Niemand. Erneut brach mir der Schweiß aus und mein Fuß wippte wieder. Diesmal noch schneller.

»Das geht nicht. Ich nehme keine Fremden mit zu mir. Kriege ich jetzt Ihre Bankverbindung?« Auffordernd blickte ich ihn an. Aber Erik schüttelte nur den Kopf.

»Ach, lassen Sie es uns nicht so kompliziert machen. Ich komme eben mit zu Ihnen. Sie können mir direkt das Geld geben und alles ist erledigt.« Ich seufzte innerlich auf und mir wurde klar, dass ich ihn nicht loswerden würde. Wie dumm konnte ich nur sein? Wohl oder übel setzte ich mich mit dem Gedanken auseinander, dass gleich ein Fremder in die Nähe meiner Wohnung kommen würde. Denn bis zu meiner Wohnung, geschweige hinein, würde ich ihn nicht mitnehmen. Das fehlte mir noch, dass er wusste, wo ich wohnte.

Ich unterdrückte die aufkeimende Panik, wischte mir die feuchten Hände an der Hose ab und atmete tief und kontrolliert ein. Jetzt bloß keine Panik kriegen. Ich bekam das schon hin.

»Fahren Sie mir hinterher«, entgegnete ich, drehte mich um und wartete nicht, ob er mir folgen würde. Auf dem Parkplatz zeigte ich auf mein Auto, als Erik neben mir stand, stellte die Einkäufe auf den Beifahrersitz und stieg ein. Ich parkte aus und als er mit seinem Auto hinter mir stand, fuhren wir los.

~

Nach zehn Minuten hielt ich am Straßenrand an, Erik direkt hinter mir. Um zu meiner Wohnung zu kommen, hätten wir jetzt noch einmal am Ende der Straße links abbiegen müssen, und dann kam sie nach einigen Metern auf der rechten Seite.

Ich stieg aus und begab mich zu Erik. Er hatte bereits die Tür geöffnet und ich hielt ihn davon ab auszusteigen.

»Sie warten hier. Ich hole eben das Geld. Bin in ein paar Minuten wieder da.« Ohne seine Antwort abzuwarten, verschwand ich zwischen zwei Häusern auf einem schmalen Fußweg. Ständig schaute ich mich prüfend um, ob er mir auch nicht folgte. Wie gut, dass die Wege so übersichtlich waren. Sie führten hinter den Häusern entlang, die ausschließlich für uns Fußgänger zugänglich waren. Ich brauchte nur ein Stück geradeaus zu gehen, eine Kurve mitzunehmen und war an meinem Garten, der zu meiner Erdgeschosswohnung gehörte. Bevor ich das Haus betrat, blickte ich mich noch einmal prüfend um, ob ich auch alleine war. Dann holte ich schnell mein Portemonnaie aus der Wohnung, das wie vermutet auf der Kommode lag. Ich Dussel. Ständig passierte mir so etwas. Meine Nachbarin hatte nicht umsonst einen Ersatzschlüssel.

Als ich wieder in die Straße bog, in der wir geparkt hatten, blieb ich stehen. Erik lehnte an der Motorhaube seines Wagens und hatte mich noch nicht entdeckt. Ich betrachtete ihn von der Seite. Er sah gut aus und hatte in etwa meine Größe.

Er wirkte völlig entspannt und blickte sich neugierig um, bis sein Blick auf mich fiel. Sofort breitete sich ein Lächeln auf seinem Gesicht aus, das mich ansteckte. Es gab kaum Leute, bei denen ich ein Lächeln erwiderte. Dass ich es bei ihm nun tat, irritierte mich zutiefst und hinterließ ein merkwürdiges Gefühl, das ich nicht zuordnen konnte.

Er kam auf mich zu, während ich stehenblieb und auf ihn wartete. Währenddessen kramte ich das Geld aus der Börse.

»Hier sind die 23,15 Euro. Damit wäre das erledigt.« Ich hielt es ihm hin und er nahm es entgegen, steckte es abwesend in die Tasche. Ich atmete durch, blickte auf meine Füße und war froh, die Episode beenden zu können und Erik los zu sein.

»Danke, und ich kann verstehen, dass Sie mich nicht mitnehmen wollten. Ich nehme auch nicht jeden X-Beliebigen mit zu mir«, sagte er. Überrascht sah ich auf und direkt in seine Augen. Erik blickte mich offen an und ich war mir sicher, er meinte es ernst. Trotz der Wärme überzog mich eine Gänsehaut.

Er stand mir gegenüber, nicht einmal eine Armlänge trennte uns voneinander. Eine Hand hatte er noch in der Hosentasche, in die er das Geld gesteckt hatte, und der leichte Wind wehte ihm eine Haarsträhne ins Gesicht. Fast hätte ich meine Hand nach ihr ausgestreckt, um sie ihm aus der Stirn zu streichen.

»Haben Sie schon gefrühstückt?«, fragte ich ihn unvermittelt und traute meinen Ohren nicht.

Eben noch war ich extra nicht zu meiner Wohnung gefahren, weil er sie nicht betreten sollte, und jetzt lud ich ihn zum Frühstück ein?

Meine Atmung beschleunigte sich und innerlich hoffte ich

einerseits, er würde nein sagen, und trotzdem wollte ich ein Ja. Etwas in mir sträubte sich dagegen, ihn gehen zu lassen.

Außerdem hatte er mir aus der Patsche geholfen, ohne Garantie, sein Geld wirklich wiederzubekommen. Da konnte ich ihm ein kleines Dankeschön zukommen lassen.

Der Gedanke, dass er ja sagen könnte, war aufregend und beängstigend zugleich.

»Nein, habe ich nicht. Bist du dir auch sicher? Ich könnte ein Massenmörder sein«, erwiderte er mit einem Grinsen und wechselte zum vertrauteren Du. Noch so eine Sache, bei der ich normalerweise ewig brauchte, aber bei ihm machte es mir nichts aus. Es fühlte sich richtig an.

»Bist du?«, entgegnete ich. Was er konnte, bekam ich auch hin. Erst jetzt begriff ich, dass er zugesagt hatte, und sofort sprang mein Puls wieder in die Höhe. Oh mein Gott, er hatte zugesagt. Ich werde gleich zum ersten Mal einen Fremden mit zu mir nehmen, schrie es in mir und ich schwitzte.

»Auf keinen Fall, und wenn, würde ich es nicht zugeben«, konterte er und der Schalk blitzte ihm aus den Augen.

»Du müsstest mich erst einmal überwältigen.« Wie schaffte ich es nur, solche schlagfertigen Antworten zu geben, obwohl ich versuchte zu begreifen, was hier in diesem Moment passierte? Hatte jemand meinen Körper, meine Gedanken übernommen? Ich mochte keine Menschen, und Fremde schon gar nicht.

»Ich könnte dich erst betäuben, fesseln und warten, bis du wieder bei Bewusstsein bist.«

»Und ich dachte, ich hätte einen Schaden.«

Zum Teufel, was machte ich hier? Flirten? Warum?

Ich ließ Erik stehen und eilte zu meinem Auto. Schnell schnappte ich mir meine Einkäufe, schloss die Tür und als ich an Erik vorbeilief, bedeutete ich ihm mit dem Kopf, mir zu folgen.

»Also erstens, verrätst du mir jetzt endlich deinen Namen, und zweitens, willst du etwa behaupten, ich hätte einen Schaden?«, fragte er mich provozierend, als er neben mir war und wir in Richtung meines Wohnhauses liefen.

»Jonas, und woher soll ich das wissen? Ich kenne dich nicht«, antwortete ich ihm.

An der Haustür angekommen, holte ich mit einem mulmigen Gefühl, schweißnassen Händen und heftigem Herzklopfen die Schlüssel hervor. Doch als ich den passenden ins Schlüsselloch stecken wollte, rutschte mir der Bund aus der Hand. Ich schloss die Augen. Erst das fehlende Portemonnaie und jetzt konnte ich nicht mal meine Tür aufschließen. Der dachte garantiert, ich wäre ein Idiot, der nicht einmal die einfachsten Dinge auf die Reihe bekam. Konnte es noch peinlicher werden?

Als ich die Augen öffnete und mich nach dem Schlüssel bücken wollte, hielt er ihn mir hin und lächelte. Kein dummer Spruch oder Witz auf meine Kosten. Nur der Schlüssel und das Lächeln. Ausatmend griff ich danach und bekam endlich die Haustür auf.

Die Wohnungstür klappte völlig ohne Probleme und mein Puls beruhigte sich ein wenig. Bevor ich eintrat, hielt ich kurz inne. Wollte ich das wirklich? Konnte ich ihn jetzt überhaupt noch wegschicken?

Ich schaffe das schon, wischte ich meine Bedenken beiseite. Wenn andere das konnten, dann konnte ich das auch. Erik war mir doch sympathisch.

Bisher hatte ich nur meine Familie und Freunde hier hereingelassen. Die einzigen Fremden waren der Postbote und

Essenslieferanten, und die wurden kurz an der Tür abgefertigt. Und jetzt betrat dieser Mensch, den ich gerade fünf Minuten kannte, mein Reich.

Im Flur stellte ich meine Einkaufstasche ab, strich mir mit den Händen durch die Haare und schloss dann hinter Erik wieder die Tür.

Ich bat ihn, mir in die Küche zu folgen, und während ich meine Sachen wegräumte, erklärte ich ihm, wo er Teller und Besteck fand. Reichte ihm Aufschnitt, Marmelade und Butter aus dem Kühlschrank.

»Möchtest du Brötchen? Ich könnte welche aufbacken. Tee oder Kaffee?«

»Brötchen und Kaffee bitte.« Ich packte vier Brötchen in den Ofen und kochte eine Kanne Kaffee, bevor ich mich zu ihm an den Tisch setzte. Noch immer hatte ich keine Ahnung, was ich hier tat und spielte unsicher mit dem Besteck. Es war eine solch ungewohnte Situation. Ich blickte durch meine Küche und wich Eriks Blick aus. Überall fielen mir Flecken auf, die ich unbedingt wegwischen musste.

»Warum hast du mich angesprochen?«, begann ich endlich das Gespräch, bevor die Stille unangenehm wurde.

»Du bist ziemlich direkt, oder?«, stellte er eine Gegenfrage.

»Ich sage lieber, was ich denke. Dann wissen die Leute sofort, was ich von ihnen halte. Ich habe es nicht so mit den Blümchen und Ranken, um Worte auszuschmücken. Da kann viel zu schnell etwas missverstanden werden.«

Erik blickte mir in die Augen und ich konnte nicht wegsehen, wollte in seinen braunen Augen versinken. »Tja, ich wollte dich kennenlernen. Ich habe dich bereits in der Gemüseabteilung beobachtet und bin dir durch den gesamten Markt gefolgt. Und da du einem Verkäufer sehr interessiert nachgeschaut hast, war ich mir recht sicher, dass entweder Frauen nicht dein Geschmack sind oder du auf alle Geschlechter stehst.« Ich schaute ihn ungläubig an.

»Und dann hast du bis zur Kasse gewartet, um mich anzusprechen?«

»Nun ja, der Schuss hätte nach hinten losgehen können. Ich war mir nicht sicher, ob du auf Männer stehst und auf eine Abfuhr hatte ich keine Lust.« Seine Augen blitzten amüsiert auf.

»Und glaubst du, dass ich dich jetzt eingeladen habe, weil du mir ebenfalls gefällst oder aus Dankbarkeit?«, bohrte ich weiter und spielte mit dem Marmeladenglas.

»Beides, du hast mich an der Kasse gemustert, bevor du drangekommen bist.« Hatte ich das? Ich schaute mir oft Menschen an und beobachtete sie – manchmal, ohne es wirklich zu bemerken. Hin und wieder kam es vor, dass ich bei Männern genauer hinschaute, wenn sie mir gefielen. Allerdings sprach ich sie nie an.

Ich wusste nicht, was mich dazu bewogen hatte, Erik mitzunehmen. Normalerweise ließ ich mich nie auf jemanden ein, ein Hallo war das Höchste der Gefühle. Aber er musste ja unbedingt sagen, dass er auch nicht jeden zu sich einlud. Waren es wirklich diese Worte, die mich dazu bewogen hatten? War er jemand, der mich verstehen konnte?

»Ich glaube, der Kaffee ist durchgelaufen«, riss Erik mich schmunzelnd aus meinen Gedanken. Er stand auf und schenkte uns beiden eine Tasse ein. Ich bedankte mich, während er die Brötchen im Ofen kontrollierte. Er bewegte sich in meiner Küche, als ob er das schon zigmal gemacht hätte. Ich ertappte mich bei dem Gedanken, dass es mir gefiel, mal einen anderen Mann hier werkeln zu sehen.

Dabei musterte ich ihn immer wieder. Er war definitiv mein Typ. Er wirkte nicht sportlich und hatte wahrscheinlich sogar einen kleinen Bauchansatz, zumindest spannte sein Shirt in der Gegend leicht. Seine Hände sahen nicht nach körperlicher Arbeit aus, waren lang und schlank und erweckten trotzdem den Anschein, als ob sie zupacken konnten. Er schien jünger zu sein als ich, ich schätzte ihn auf Anfang dreißig, und seine mittellangen braunen Haare hatte er wirr durcheinander auf dem Kopf gestylt.

»Um das klarzustellen, ich bin schwul, aber gerne alleine. Ich habe keine Lust auf irgendeine Beziehung oder sonst was.« Es war mir geradezu ein Bedürfnis gewesen, das zu erwähnen. Erik grinste mich an, holte die mittlerweile fertigen Brötchen aus dem Ofen und platzierte sie auf dem Tisch. Nicht, ohne mir vorher eines anzubieten. Ich fühlte mich beinah wie ein Gast in meiner eigenen Wohnung.

Wir begannen zu frühstücken.

»Gönnst du dir denn mal Spaß im Leben?« Was sollte das nun wieder heißen? Ich hielt beim Aufschneiden meines Brötchens inne.

»Natürlich. Was willst du eigentlich von mir?« Jetzt wurde sein Grinsen noch breiter, wenn das überhaupt möglich war.

»Ich bin mal direkt, damit du verstehst, was ich von dir will: dich ficken, mit dir Spaß haben. Du siehst gut aus und wirkst nett.«

Ich verschluckte mich und hustete. Erik fing an zu lachen.

»Meinst du das ernst?«, brachte ich endlich atemlos heraus. Er nickte.

»Ich bin zurzeit solo und genieße es, aber ständig in Clubs rumzuhängen, da habe ich keine Lust zu.«

»Und da dachtest du dir, spreche ich einfach mal einen

Typen an und frage ihn, ob ich ihn ficken darf«, gab ich ihm sarkastisch zurück. »Machst du das immer auf die Art?«

»Wie gehst du denn vor?«, antwortete er mir erneut mit einer Gegenfrage.

»Mit der Hand. Wie ich schon sagte, bin ich gerne alleine und habe keine Lust auf irgendwelche Beziehungen. Und hör auf, ständig meine Fragen mit einer Gegenfrage zu beantworten.« Er lachte wieder.

»Ist dir das auf Dauer nicht zu langweilig? Willst du mir etwa erzählen, dass du nie Sex mit irgendwem hast?«

»Ich wüsste nicht, was dich das angeht.« Ich legte das Brötchen auf den Teller, in das ich gerade hatte beißen wollen, und griff nach meiner Tasse, die ich hin und her schob. Mein Blick fixierte einen Krümel neben dem Teller.

Er musste ja nicht wissen, dass es eine Person gab, die ich hin und wieder anrief, wenn mir die Hand nicht genügte. Natürlich hatte ich auch Sex, aber nicht oft. Wenn man nie jemanden kennenlernte, konnte sich nicht viel entwickeln. Abgesehen davon wollten Menschen ständig etwas von einem, und sobald man ihnen den kleinen Finger reichte, ergriffen sie die ganze Hand. Außerdem sagten sie selten, was sie wirklich meinten. Immerzu musste man raten, was sie tatsächlich wollten. Dazu kam, dass sie grausam sein konnten.

Wir verfielen in Schweigen, während wir unsere Brötchen aufaßen. Immer wieder warf ich Erik einen Blick zu, den dieser just in dem Moment erwiderte. Es war, als ob unsere Blicke magnetisch angezogen wurden.

Als wir mit dem Frühstück fertig waren, stand ich auf und begann den Tisch abzuräumen. Erik griff derweil nach meinem Handy.

»Was machst du da? Du kannst doch nicht einfach an mein

Telefon gehen«, regte ich mich auf. Das Handy war etwas Privates, an das man nicht einfach ohne Erlaubnis rangehen durfte. Ich wollte soeben danach greifen, als er es mir hinhielt.

»Komm runter, Mann, ich will dir nur meine Nummer einspeichern. Würdest du es bitte entsperren?«, beruhigte er mich. Warum auch immer, ich hatte keine Antwort darauf, kam ich seiner Bitte nach und reichte ihm mein Smartphone entsperrt zurück. Er tippte fleißig auf dem Display herum und legte es dann beiseite. Träumte ich oder hatte ich zum vierten Mal in meinem Leben eine Nummer von einem Typen bekommen? Ein leichtes Kribbeln machte sich in meinem Bauch breit.

Ich räumte den Tisch weiter ab, als er plötzlich seine Arme von hinten um mich legte und mich zu sich drehte. Sofort versteifte ich mich, meine Hände schwitzten und mein Atem beschleunigte sich. Ich kämpfte die Angst und die aufkommenden Bilder herunter. Er stand nur vor mir, hielt mich nicht im Klammergriff, hatte seine Hände nur auf meinen Hüften abgelegt und blickte mir in die Augen.

»Sag nein, und ich höre sofort auf«, flüsterte er und schloss die kleine Lücke zwischen uns. Unsere Nasen berührten sich fast. Er wartete, aber ich konnte mich nicht bewegen, konzentrierte mich zum zweiten Mal an diesem Vormittag bewusst auf meine Atmung, nicht fähig, auf etwas anderes zu reagieren. Er nahm seine Hände von mir und beobachtete mich aufmerksam, achtete auf jede Regung. Ich konnte ihn riechen. Er nutzte fast dasselbe Deo wie ich und das beruhigte mich langsam wieder. Es war etwas Vertrautes. Ich versuchte, die innere Lähmung abzustreifen.

Erik fasste mein Zögern als Nein auf, trat zurück und betrachtete mich weiter intensiv. Schien meinen Kampf zu erahnen. Kurz schloss ich die Augen.

Als ich mich im Griff hatte, stand er noch an derselben Stelle, mitten in der Küche. Langsam ging ich auf ihn zu, bis ich wieder direkt vor ihm war. Woher ich den Mut nahm, wusste ich nicht. Aber mein Herz schlug mir bis zum Hals und ich war der festen Überzeugung, dass er es hören konnte.

Sein Gesicht war nah an meinem. Sein Atem streifte mich. Automatisch blickte ich auf seine Lippen.

Dann küsste er mich und ich erwiderte den Kuss. Es war anders als mit …

Was machte ich nur hier? Warum küsste ich diesen mir völlig fremden Menschen? Ich taumelte einige Schritte rückwärts, zog ihn mit mir, bis ich an den Kühlschrank stieß, und lehnte mich dort an. So sehr ich mich über mich selbst wunderte, so sehr wollte ich mir beweisen, dass ich das konnte. Und ich wollte es.

Erik nestelte bereits an meiner Hose, öffnete die Knöpfe und zog die Jeans herunter. Ich war unfähig, einen klaren Gedanken zu fassen. Als Nächstes kam direkt die Pants dran und was tat ich? Gar nichts, stattdessen merkte ich, wie sich Erregung in mir aufbaute. Seine Hand griff nach meinem Glied und begann es zu streicheln.

Was machte dieser Typ nur mit mir? Zum Teufel, es fühlte sich so gut an.

Auf einmal ließ Erik von mir ab. Er stand immer noch ganz nah vor mir. Ich öffnete meine Augen und schaute ihm direkt in seine. Ein Lächeln umspielte seine Lippen.

»Wenn du mehr willst und dir deine Hand nicht mehr reicht, kannst du dich gerne melden. Dann führe ich das zu Ende.« Er deutete mit dem Kopf zu meinem erigierten Schwanz, der aufrecht zwischen uns stand und genauso wenig wie ich verstand, warum er nicht mehr berührt wurde.

»Was?«, keuchte ich auf. Mehr bekam ich nicht raus. Was für ein verrückter Vormittag.

Erik war weiterhin ziemlich unbekümmert, nahm seine Sachen vom Küchentisch und gab mir einen schnellen Kuss.

»Viel Spaß noch mit dir selbst«, sagte er grinsend zum Abschied und ging. Ich blieb verdattert zurück, nachdem meine Wohnungstür ins Schloss gefallen war. Als ich sicher war, wieder alleine zu sein, schaute ich auf mein Glied. Ohne groß zu überlegen, führte ich zu Ende, was Erik begonnen hatte. Danach zog ich mir die Pants und die Jeans wieder an und musste mich erst einmal setzen, um zu verarbeiten, was da eben geschehen war.

2

Später am Tag dachte ich immer noch über den Vormittag nach. Ich saß in meinem Büro vor dem Laptop und wollte eigentlich schreiben. Doch die Gedanken an Erik ließen mich nicht los.

Warum nur war ich auf die Idee gekommen, ihn zum Frühstück einzuladen? Ich hätte mich verfluchen können. Was war das nur für eine Schnapsidee gewesen. Wie sollte er mich verstehen, meine Geschichte nachvollziehen? Nur weil er sich genau anschaute, wen er mit nach Hause nahm? Normalerweise ging ich allen Menschen aus dem Weg und das sollte ich weiter so handhaben. Sie waren unberechenbar und ich konnte und wollte nicht jedem – eigentlich keinem – erzählen, was mir passiert war.

Andererseits war ich stolz darauf, dass ich einen Fremden in meine Wohnung gelassen hatte. An mich herangelassen hatte. Bisher hatte ich immer nur jemanden im Krankenhaus kennengelernt und ich war nie bereit, denjenigen mit zu mir zu nehmen. Mein Zuhause war mein Heiligtum, mein Schutzraum. Hier durfte niemand Unbefugtes eintreten. Allein die Vorstellung, dass das passierte und ich die Kontrolle verlor, ließ mich zittern. Und doch hatte Erik mich soweit bekommen.

Ich versuchte, mich auf den Laptop und das Kapitel, das ich auf jeden Fall noch fertig schreiben wollte, zu konzentrieren. Aber alle paar Minuten drifteten meine Gedanken ab. Dachte ich an den Moment, wo ich auf Erik zugegangen war. An seine

Küsse, die fordernd und sanft zugleich gewesen waren und meinen Puls in die Höhe hatten schnellen lassen. Das Gefühl von seiner Hand an meinem Penis. Kaum hatte ich das Bild vor Augen, schwappte die Erregung erneut durch mich hindurch. Mein Blick schweifte ständig zum Handy.

Nein, ich würde ihn nicht anschreiben. Ein wenig Selbstwertgefühl hatte ich schon. Aber ich könnte Christian fragen. Vielleicht hatte er heute Abend Zeit.

Ich sprang auf, drehte eine Runde im Raum und fuhr mir mit den Händen durch die Haare. Ach Scheiße, wem machte ich hier eigentlich etwas vor? Christian wollte ich überhaupt nicht. Vor dem Schreibtisch hielt ich an, griff nach dem Handy und öffnete den Kontakt von Erik.

Heute Abend, 19 Uhr, du bringst Essen mit. Ich mag alles.

Mein Handy piepte nur Sekunden später und ich schreckte auf. Erik hatte tatsächlich direkt zurückgeschrieben.

Bis später, schöner Mann. Freue mich.

Ich atmete tief ein und setzte mich wieder. Meine Hände zitterten leicht. Was würde Christian sagen, wenn er es erfuhr? Garantiert würde er erst einmal prüfen, ob der Mensch echt wäre, die Herzgeräusche abhören und den Puls messen. Er fragte mich in regelmäßigen Abständen, immer wenn er gerade einen Freund hatte, ob ich nicht mal jemanden kennenlernen mochte. Er würde auch ein Doppeldate organisieren.

Der Gedanke an heute Abend machte mich ganz hibbelig. Ich brauchte Bewegung. Deswegen stand ich auf und zog mich zum Laufen um.

Anderthalb Stunden später war ich ausgepowert, war meine Strecke zweimal gelaufen, aber ich war wieder in der Lage, einen klaren Gedanken zu fassen. Außerdem wusste ich endlich, wie es in meinem Kapitel weitergehen sollte. Nicht, dass es mir nicht bereits vorher klar gewesen war, aber mir hatten einfach die Worte gefehlt.

Kaum war ich in der Wohnung angekommen, setzte ich mich sofort an den Laptop, griff zu einer Flasche Wasser, die neben meinem Schreibtisch stand, trank etwas und begann zu schreiben.

Die Wörter flossen nur so aus mir heraus. Ich konnte gar nicht mehr aufhören. Ein Rinnsal Schweiß lief mir den Rücken hinunter und ich hätte eigentlich duschen sollen, aber das ignorierte ich, so sehr fesselte mich der Text.

Als die Türklingel ging, zuckte ich zusammen und schaute erschrocken auf. Es war bereits 19 Uhr und ich saß immer noch in Laufklamotten am Laptop und schrieb. Shit, shit, shit. Das war heute eindeutig nicht mein Tag. Ich fuhr mir durch meine kurzen dunklen Haare und fühlte mich auf einmal unwohl in meinem schlaksigen Körper. Kurz roch ich an mir und stellte fest: Ja, ich stank nach Schweiß. Als es das zweite Mal klingelte, klappte ich den Laptop zu, stand auf und öffnete mit klopfendem Herzen die Tür.

»Oh, bin ich zu früh?«, fragte Erik.

»Nope, ich habe die Zeit vergessen. Komm rein«, antwortete ich ihm und trat zur Seite. Er steuerte mit einer Tüte in der Hand direkt die Küche an. Der feine Geruch von Knoblauch und gewürztem Fleisch stieg mir in die Nase. Ich folgte Erik, der das Essen auf dem Tisch abstellte und zwei Teller aus dem Schrank holte. Ich blieb in der Küchentür stehen und beobachtete ihn. Ob ihm wohl mein Geruch aufgefallen war? Oder überdeckte der Geruch des Essens alles? Vielleicht war es nicht so schlimm, wie ich dachte. Ich konnte mich gerade so beherrschen, nicht wieder an mir zu riechen, während Erik sich bestens in meiner Küche zurechtfand.

»Fühl dich ruhig wie zu Hause. Kein Problem«, bemerkte ich sarkastisch und überspielte meine Verunsicherung.

»Willst du erst noch duschen oder können wir essen?«, überging er meinen Kommentar, während er sich wieder auf denselben Stuhl wie heute Morgen setzte und mich anschaute.

»Wenn du damit klarkommst, dusche ich später.« Anscheinend war es ihm egal, wie ich roch. Ich platzierte mich ihm gegenüber, wobei ich auf dem Weg zwei Bier aus dem Kühlschrank mitbrachte. Er packte Döner aus, reichte mir eines der in Alufolie verpackten Päckchen, und wir begannen zu essen.

»Gegen ein Vorspiel in der Dusche habe ich übrigens keine Einwände«, durchbrach Erik die Stille, die sich während des Essens über uns gelegt hatte. Er hatte bereits seinen halben Döner aufgegessen. Ich schüttelte den Kopf und verdrehte die Augen. Was hatte ich mir nur dabei gedacht? Ich hätte es bei dem Frühstück belassen sollen.

»Was? Bin ich etwa nicht zum Ficken hier?«, fragte er mit einem frechen Grinsen. Ich überlegte kurz, ihn doch vor die Tür zu setzen. Dann hatte ich wenigstens meine Ruhe und würde mir keine Gedanken über meinen Geruch machen. Was ich im Übrigen, bevor ich Erik kennengelernt hatte, nie gemacht hatte. Warum fing ich heute damit an?

»Du solltest wissen, dass mein Hintern tabu ist und wir Kondome nutzen werden. Wenn du damit nicht klarkommst, wird das heute nichts und du kannst wieder gehen«, erwiderte ich ruppig. Er zog die Augenbrauen hoch und schaute mich an. Ich dachte schon, dass er nun abhauen würde und zu meiner Überraschung spürte ich Enttäuschung aufsteigen. Meine Erfahrungen mit One-Night-Stands gingen gegen null, von daher kannte ich die Etikette der Absprachen im Vorfeld nicht. Aber er blieb sitzen und ich atmete aus. Ich hatte gar nicht mitbekommen, dass ich die Luft angehalten hatte.

»Okay, ist in Ordnung. Ich mag beides. Dann werde ich eben gefickt.«

Oh, wie ich dieses Wort hasste. »Kannst du bitte aufhören, ständig von ficken zu sprechen?«, bat ich ihn genervt.

Erik grinste. »Schon gut, was soll ich denn sagen? Den Geschlechtsverkehr oder noch besser: Den Beischlaf praktizieren? Jeder spricht von ficken«, antwortete er und biss wieder genüsslich in seinen Döner.

»Nur, weil jeder es benutzt, müssen wir das nicht machen. Zumindest in dieser Wohnung. Ich mag das Wort nicht, es setzt den Sex, der etwas Schönes ist, herab und negativiert ihn. Wir schlafen miteinander. Das finde ich viel besser.«

»Wow, du bist nicht nur direkt, sondern auch altmodisch. Können wir jetzt vielleicht aufhören, über den Geschlechtsverkehr zu reden, und endlich zur Sache kommen?«

Er hatte seinen Döner aufgegessen, das Bier geleert und schaute mich auffordernd an. Ich aß in Ruhe zu Ende, war mir seiner Blicke bewusst. Doch ich zögerte das Folgende so lange wie möglich hinaus. Was würde er denken, sobald er meinen Körper sah? Stellte er Fragen, widerte ich ihn womöglich an? Als ich den letzten Bissen herunterschluckte, stand er auf und hielt mir seine Hand hin.

»Darf ich bitten, der Herr?«, fragte er gekünstelt und

schmunzelte mich bei den Worten an. Ich konnte nicht anders als zurückzulächeln, ergriff seine Hand und ließ mich vom Stuhl hochziehen.

»Ab ins Bad, damit du wieder besser riechst.« Mir stieg die Röte ins Gesicht. Wie konnte ich nur die Zeit vergessen? Aber sobald ich in meiner Geschichte versunken war, vergaß ich oft alles um mich herum.

»Du musst vorgehen, ich kenne mich nicht aus«, bat er mich.

Aufregung stieg in mir auf mit jedem Schritt, den wir uns dem Bad näherten. Hoffentlich merkte er nicht, dass meine Hände wieder schwitzig wurden. Bis auf Christian hatte ich in den letzten Jahren mit niemand anderem geschlafen und was ich jetzt machte, war regelrecht revolutionär für mich. Wenn ich es mir recht überlegte, hatte ich über ein Jahrzehnt mit keinem anderen Mann als mit Christian geschlafen, und das auch nur sporadisch.

Mein Herz hämmerte und ich war mir nicht sicher, ob es richtig war, mich auf Erik einzulassen. Andererseits ... er gefiel mir und die Vorstellung mit ihm zu schlafen erregte mich.

Ich führte ihn ins Bad und schaltete das Licht ein.

»Ähm, nur eine kurze Frage, hast du dich in der letzten Zeit auf Geschlechtskrankheiten testen lassen? Ich bin sauber.« Mein Sicherheitsgefühl musste einfach fragen, auch wenn es mir im grellen Oberlicht des Badezimmers fast schon klinisch vorkam. Er lachte leise auf.

»Ich habe erst vor einem Monat alle Tests machen lassen und die waren negativ.«

»Wirklich?«, vergewisserte ich mich und drehte mich zu ihm um.

»Kein Tripper, Syphilis oder Hepatitis. Möchtest du die Nummer meines Arztes haben? Der kann dir das bestätigen.«

»Ich wollte nur sichergehen.«

Ich trat zu meinem Badschränkchen und fischte ein Handtuch für Erik heraus, der sich mit großen Augen umsah. Mein Bad war riesig, mit einer runden Badewanne und einer Dusche, in die eine ganze Familie reinpasste.

»Wow«, murmelte er, als sein Blick an der Wanne hängenblieb. Ich lächelte.

»Doch lieber baden?«, fragte ich.

»Nein, wir gehen duschen. Du hast eine Erlebnisdusche« Er staunte weiter und sein Gesichtsausdruck war herrlich niedlich. Ich trat einen Schritt auf ihn zu. Sofort überbrückte er die restliche Distanz zwischen uns und küsste mich. Es war ein fordernder Kuss, trotzdem sanft. Ganz anders als heute Morgen. Ganz anders als mit Christian. Es gefiel mir und ich schloss die Augen.

Während des Kusses schob er seine Hände unter mein Shirt und zerrte es hoch. Ich streckte meine Arme nach oben und wir lösten uns kurz, damit er mir das Shirt ausziehen konnte. Dies war die Stunde der Wahrheit. Würde er Reißaus nehmen oder bleiben, wenn er meinen Oberkörper sah? Doch er schaute nicht hin, sondern legte sofort seine Lippen erneut auf meine und ich zog ihn noch näher zu mir. Mit meinen Händen hielt ich ihn an der Taille fest.

Erik ließ von mir ab und zog sich jetzt selbst das Shirt aus. Unverhohlen betrachtete ich seinen Körper, blieb an seinem kleinen Bauchansatz hängen. Er folgte meinem Blick.

»Ich esse nun mal für mein Leben gern Gummibärchen.«

Statt etwas zu sagen, trat ich an ihn heran und nahm ihn in den Arm. Mein Herz beschleunigte und ein warmes Gefühl machte sich in mir breit. Ich erkannte mich nicht wieder. Dafür, dass ich in der Regel nicht mal mit Fremden sprach, wagte ich mich heute bei Erik sehr weit vor. Doch ich verspürte keine

Angst mehr. Mein Körper übernahm die Führung und mein Verstand verkrümelte sich in eine Ecke.

Erik war bereits ebenso erregt wie ich und wir schälten uns aus unseren Hosen in dem Versuch, uns so wenig wie möglich dabei zu bewegen, was uns beide zum Lachen brachte. Der lockere Umgang zwischen uns entspannte mich weiter.

»Besser als die eigene Hand, oder?«, murmelte er an meinem Schlüsselbein und verteilte kleine Küsse darauf. Noch immer hatte er sich nicht zu meinem Oberkörper geäußert, was mir weitere Sicherheit gab.

Hoffentlich stank ich nicht zu schlimm. Ob er wohl den getrockneten Schweiß schmeckte? Worüber machte ich mir hier überhaupt Gedanken?

»Das frage ich mich auch gerade. Aber ja, du schmeckst nach salzigem Schweiß.«

Erschrocken wich ich zurück und starrte ihn an. Hatte ich das etwa laut ausgesprochen? Und der Knallkopf lachte mich jetzt aus. Mir wurde heiß und kalt und ich wandte mich ab. Schlagartig war die gewonnene Sicherheit ein Stück verloren.

»Lass uns unter die Dusche gehen!« Mit einem Schritt war ich in der Wanne und stellte mich unter die Brause. Erik ließ sich das nicht zweimal sagen.

»Ich lache dich nicht aus. Es war einfach nur Situationskomik.« Seine Stimme war beruhigend und ich atmete tief ein. Ich bekam das hin, andere konnten es auch, redete ich mir gut zu.

Im Gegensatz zu heute Morgen trat er erst neben mich, sodass ich ihn sehen konnte, und legte dann einen Arm um mich. Allein die Tatsache, dass er sich dieses Mal nicht von hinten angeschlichen hatte, versöhnte mich wieder. Ich beugte mich zu ihm und küsste ihn.

Während wir uns küssten, schob er seinen Körper vor meinen und wir rieben unsere Hüften aneinander. Erik unterbrach den Kuss und griff nach unseren Schwänzen, die er sofort rieb.

Ich lehnte meinen Kopf mit geschlossenen Augen neben seinem an die Wand. Leise stöhnte ich auf.

»Schneller«, flüsterte ich und er küsste mich wieder. Scheiße war das gut. Ich würde nicht mehr lange brauchen. Das letzte Mal war einige Zeit her. Krampfhaft versuchte ich, mich zurückzuhalten. Erik spürte es und nahm die Geschwindigkeit wieder raus.

»Ganz ruhig, entspann dich, wir haben Zeit«, raunte er mir ins Ohr. Aber es brachte alles nichts.

»Ah, oh Shit, ich ... ich kann ... aaaahhh«, stotterte ich leise und kam. Vor Scham traute ich mich nicht, die Augen zu öffnen. Es war ein schnelles Vergnügen für mich und er hatte nichts davon.

Als ich die Augen öffnete und ihn anschaute, bemerkte ich sein schmerzverzerrtes Gesicht. Ich hatte ihm in den Arsch gekniffen, während ich gekommen war. Wann hatte ich danach gegriffen?

»'Tschuldigung«, brachte ich zerknirscht hervor. Dann fiel mein Blick auf seinen Penis. Meinen hatte er mittlerweile losgelassen, lehnte an der Wand und rieb sich selbst. Ich griff nach seiner Hand und löste sie, um ihm zu helfen. Durch sein Seufzen ermutigt, wurde ich schneller und übte mehr Druck aus. Es verfehlte seine Wirkung nicht und kurz darauf ergoss er sich aufstöhnend in meiner Hand.

Nachdem sein Atem sich normalisiert hatte, küsste er mich auf den Mund. »Du bist wohl eher der stille Genießer, hm? Dich hört man ja kaum«, waren die ersten Worte, die er an mich richtete. Ich blickte ihn an und zuckte nur mit den Schultern, dann griff ich nach dem Duschgel und begann uns beide einzuseifen. Ich war noch nie laut beim Sex gewesen. Das hieß nicht, dass er schlecht war, aber ich mochte es nicht, dabei laut zu werden. Bei Christian oder jetzt bei Erik störte es mich allerdings nicht, wenn sie Töne von sich gaben.

Als wir fertig mit duschen waren, wechselten wir ins Schlafzimmer.

Ich kramte aus dem Nachtisch Gleitcreme und Kondome hervor und legte sie bereit. Jetzt wurde es ernster. Nicht nur Spielereien, und mein Puls erhöhte sich. Vor Aufregung zitterten meine Hände. Erik lag derweil mit dem Rücken auf dem Bett und schaute mir zu.

»Ich finde es ziemlich belustigend, dass du Menschen nicht vertraust, aber mit mir das Intimste teilst, das zwischen zwei Menschen laufen kann«, überlegte er laut. Ich sah ihn an und ein Schauer durchfuhr mich.

Er hatte recht. Ich verstand mich ja selber nicht mehr. Das war so gar nicht ich, mit jemandem zu schlafen, obwohl ich ihn nicht einmal kannte. Nur wollte ich es so unbedingt. Alles in mir verzehrte sich danach, mit Erik intim zu sein. Seit heute Morgen stellte ich mir vor, wie es mit ihm wäre, nicht nur seine Hand um mein Glied zu fühlen, sondern es in ihm zu spüren. Wie es war, mit einem anderen als Christian zu schlafen, dessen Körper zu liebkosen und kennenzulernen.

Ich ließ meinen Blick über Erik schweifen, nahm jeden Wassertropfen wahr, der noch auf seiner Haut glitzerte. Ich beugte mich zu ihm und küsste ihn. Dann schwang ich ein Bein über ihn, sodass er jetzt zwischen mir lag, und ich fing an, ihn mit meinen Lippen zu erkunden, während seine Hände über mich wanderten. Den Narben auf der Haut schenkte er besonders viel Zeit, strich liebevoll mit dem Daumen darüber und zuckte nicht aufgrund ihrer Beschaffenheit zurück. Bei jeder Narbe versteifte ich mich und Erik streichelte so lange, bis ich mich wieder entspannte.

Dieses Mal genossen wir, waren langsam und erkundeten uns. Lernten uns kennen.

3

I ch wachte auf und konnte mich nicht richtig bewegen. Auf mir lag ein Arm, der mich festhielt. Wo kam der her? Zu wem gehörte er? Schlagartig war ich wach, riss die Augen auf. Es war noch stockdunkel und ich versteifte mich. Dabei stieß ich gegen einen anderen Körper. Langsam nahm mein Gehirn seine Arbeit auf und rekapitulierte den Abend.

Erik war noch da. Wir mussten eingeschlafen sein. Ich hatte ihn nicht sofort rausgeworfen nach dem Sex, der zugegebenermaßen ziemlich gut war, sondern wir hatten uns unterhalten. Besser gesagt, er hatte erzählt und ich zugehört. Er hatte eine Erzählstimme, eine, die Kindern bestimmt gefiel, wenn sie ihnen Geschichten vorlas. Dabei gab er absolut pointiert und lustig Begebenheiten wieder, sodass ich teilweise nicht mehr aufhören konnte zu lachen.

War das der Grund, dass er noch da war? Weil ich mich wohl und sicher gefühlt hatte?

Ich stand vorsichtig auf, da ich zu wach war, um wieder einzuschlafen. Leise, um ihn nicht zu wecken, holte ich mir eine Boxershorts aus dem Schrank, warf einen letzten Blick auf Erik und verließ das Schlafzimmer. Unruhig streifte ich durch meine Wohnung, schaute aus den Fenstern in die Dunkelheit, lief von Raum zu Raum.

In der Küche standen noch die Teller und die leeren Bierflaschen auf dem Tisch. Die zusammengeknüllte Alufolie lag zwischen den Tellern. Im Raum hing noch der Duft der Döner und ich öffnete ein Fenster, um frische Luft hereinzulassen. Dann räumte ich den Tisch auf, bevor ich erneut durch die Wohnung pilgerte und im Badezimmer meine Dreckwäsche wegräumte, im Flur meine Schuhe ordentlich in den Schuhschrank stellte.

Ich war es nicht gewohnt, dass jemand hier schlief. Es war ein durch und durch befremdliches Gefühl und ich war nicht in der Lage, damit umzugehen.

In der Bürotür blieb ich stehen und mein Blick fiel auf den Schreibtisch und den Laptop darauf. Warum eigentlich nicht? Wenn ich schon wach war, konnte ich genauso gut schreiben. Machte ich sonst auch, wenn ich nachts aufwachte.

Keine Ahnung, wie lange ich bereits wieder tippte, aber irgendwann schaute ich auf mein Handy, das noch neben dem Notebook lag. Ich sah, dass Christian mir geschrieben hatte, und antwortete ihm.

Kaum war die Antwort raus, kam ein Videoanruf rein und ich nahm an.

»Hey, Eigenbrötler«, begrüßte er mich. Ich schmunzelte.

»Hey, Doc. Hast du Nachtschicht, nichts zu tun und das in einer Samstagnacht?« Er winkte ab und ich sah, dass er rauchte. Bis heute konnte ich nicht verstehen, warum er als Arzt damit nicht aufhörte. Immerhin sah er jeden Tag im Krankenhaus, wozu das führen konnte, aber wir hatten alle unsere Macken.

»Bist du wieder am Verfassen des neuesten Krimi-Bestsellers? Weißt du, andere arbeiten tagsüber«, neckte er mich.

»Das sagt der Richtige«, konterte ich.

»Sag mal, hast du Besuch oder eine lebensechte Gummipuppe im Türrahmen lehnen?«, fragte er überrascht und ich konnte sehen, dass er versuchte, einen besseren Blick hinter mich zu erhaschen.

»Was?«, entgegnete ich nicht gerade geistesgegenwärtig und drehte mich um.

Da stand Erik mit zerzausten Haaren und winkte mir lächelnd und verschlafen zu. Oh mein Gott, er sah verboten gut aus. Er hatte sich eine meiner Boxershorts angezogen, ansonsten war er nackt und ich versucht, mit ihm einen Teil des Abends zu wiederholen.

»Wie lange stehst du schon da?«, wollte ich von ihm wissen und räusperte mich.

»Lange genug, um zu kapieren, dass du gern nachts arbeitest.« Er kam näher, stützte sich mit den Händen an der Stuhllehne ab und beugte sich herunter. Sein Kopf lag fast auf meiner Schulter und sein Duft drang wohlig in meine Nase. Ich merkte, wie mein Herz aufgrund seiner Nähe einen Satz machte. Was war nur los? Seit wann machte mich ein Mann so verrückt?

»Hey, ich bin Erik«, stellte er sich bei Christian vor, der fertig war mit rauchen.

»Du bist wirklich echt. Ich hätte nie gedacht, dass ich den Tag noch einmal erleben würde.« Christian riss theatralisch die Augen auf und ich hätte ihm gern einen Knuff gegen die Schulter verpasst. Hitze schoss mir in die Wangen. »Hi Erik, ich bin Christian. Habt ganz viel Spaß, ich muss weiterarbeiten«, verabschiedete sich Christian und legte auf.

»Wer war das?«, fragte Erik und gab mir einen Kuss auf die Schulter.

»Hat er doch gesagt, Christian. Er ist ein guter Freund von mir«, antwortete ich knapp. Mehr musste er von Christian und mir nicht erfahren.

»Und, was machst du mitten in der Nacht am Laptop?«

»Was Fragen anbelangt, bist du ein Fass ohne Boden«, erwiderte ich nur. Er richtete sich auf und schaute sich um.

Ich hatte an zwei Wänden Regale nur mit Büchern, zu denen er ging.

»Also auf jeden Fall liest du gerne«, stellte er fest und ignorierte meinen letzten Kommentar. Er legte den Kopf schief und las einige Titel.

Ich gesellte mich zu ihm und zeigte auf eine Reihe mit Büchern, in der noch Platz war.

»Die hier sind von mir«, erklärte ich und beobachtete ihn bei den Worten. Ich wollte unbedingt seine Reaktion mitbekommen. Bis auf meine Familie, Freunde und meinen Verleger wusste niemand, dass ich schrieb, und die Bücher hatte ich unter einem Pseudonym veröffentlicht.

Ich konnte ihm regelrecht ansehen, wie sein Gehirn zu begreifen begann, was ich ihm erzählt hatte.

»Die sind wirklich von dir?«, fragte er und drehte seinen Kopf zu mir. Seine weit aufgerissenen Augen strahlten mir entgegen. Ich nickte.

»Ich hielt das eben von Christian für einen Witz und dachte, du tippst eine Mail oder so. Cool.« Er griff nach einem und blätterte darin herum.

Ich ging zu meinem Schreibtisch und lehnte mich mit dem Hintern dagegen, während er immer wieder ein paar Sätze las.

»Du bist gut, oder? Ich glaube, die Bücher habe ich schon mal in einer Buchhandlung gesehen.« Stolz durchflutete mich, meine Bücher wurden auf jeden Fall gekauft.

»Na ja, ich kann davon leben, ohne einen anderen Job machen zu müssen.« Er stellte das Buch wieder zurück und nahm ein anderes heraus, um erneut darin zu blättern.

»Lass uns heute Abend ins Kino gehen«, schlug er vor, legte das Buch achtlos ins Regal und kam zu mir herüber.

»Nein«, wehrte ich sofort ab. »Erstens gehe ich generell nicht ins Kino und zweitens, schon vergessen, dass ich keine Beziehung haben wollte?«

»Nie? Echt jetzt? Was war dein letzter Kinofilm?«, hakte er nach, den Rest meines Satzes ignorierend. Er hörte immer nur das, was er hören wollte, und ich wusste nicht, ob ich es amüsant oder ärgerlich fand.

Ich musste nicht lange überlegen, welcher Film es war. Es hatte sich mir ins Gedächtnis gebrannt. Komischerweise konnte ich ihn trotzdem noch schauen. Dieser Abschnitt des Abends war für mich positiv beladen. »Das war *Herr der Ringe,* der erste Teil.«

Erik zog seine Augenbrauen hoch. Das schien er gern zu machen, ständig schoben sie sich in die Höhe. Oder lag es an mir? Überraschte ich ihn so oft mit meinen Antworten?

»Du warst das letzte Mal, warte mal, wann lief der an?« Er drehte den Laptop zu sich und öffnete das Internet, um nachzuschauen.

»Heilige Scheiße, das ist 19 Jahre her. Warum zum Henker gehst du nicht ins Kino?« Er schaute mich skeptisch und ungläubig an.

»Da sind mir zu viele Menschen«, erklärte ich ihm.

»Du willst mich verarschen, oder?«, vergewisserte er sich. Ich schüttelte den Kopf und unterdrückte ein Gähnen. So wach ich vorhin noch gewesen bin, so erschöpft fühlte ich mich jetzt. Der Tag hatte mich Kraft gekostet. Jemand Fremdes in der Wohnung zu haben ist anstrengend.

»Ich mag es einfach nicht. Können wir endlich mit den persönlichen Details aufhören und schlafen gehen? Ich mache uns morgen noch Frühstück und dann kannst du aufbrechen. Wie gesagt, ich will keine Beziehung.« Ich griff nach einem

Kugelschreiber auf dem Schreibtisch und ließ die Mine immer wieder vor und zurückschnellen.

Wenn ich ehrlich zu mir war, ließ es mich nicht so kalt, wie ich es ihm gegenüber darstellte. Es war zwar fremd und ich überfordert, aber es gefiel mir trotzdem, nicht alleine im Bett zu liegen. So nervig ich Eriks ganze Fragen fand, eine wirkliche Abneigung hatte ich nicht dagegen. Irgendetwas stimmte definitiv nicht mit mir.

Erik bewegte sich keinen Millimeter. Soll er doch hier anwachsen, ich gehe jetzt ins Bett, dachte ich. Mir wurde kalt und ich setzte mich in Bewegung. Das riss Erik aus seiner Starre und er folgte mir.

»Du weißt schon, dass man nicht unbedingt direkt eine Beziehung eingehen muss, wenn man mit jemandem schläft, oder?«, fragte er mich.

»Komm mir jetzt nicht mit so einem Freunde-Plus-Mist. Das mag in Filmen funktionieren, aber nicht im wirklichen Leben. Abgesehen davon ist eine Freundschaft eine Beziehung.« In dem Moment, in dem ich es sagte, fiel mir auf, dass ich mit Christian ein Freunde-Plus laufen hatte.

Kurz nachdem ich aus dem Krankenhaus gekommen war, besuchte er mich zu Hause. Damals wohnte ich noch bei meinen Eltern. Unter dem Vorwand, herauszufinden, ob alles in Ordnung sei mit mir, überprüfte er die verheilten Wunden. Wie es dann dazu gekommen war, dass wir das erste Mal miteinander geschlafen hatten, wusste ich nicht mehr. Aber uns beiden war schnell klar, dass uns nur freundschaftliche Gefühle verbanden.

Wollte ich noch so ein Freunde-Plus-Ding? Neben Christian? Ich schüttelte den Kopf. Nein. Trotzdem beschlich mich das Gefühl, dass ich Erik nicht aus den Augen verlieren wollte.

»Du bist eindeutig der merkwürdigste Typ, den ich je kennengelernt habe«, murmelte Erik hinter mir und riss mich aus meinen Überlegungen. Als wir wieder im Bett lagen, kam er zu mir rübergerobbt und zog mich in seine Arme. Erst versteifte ich mich, weil ich es nicht gewohnt war. Aber Erik tat es mit so einer Selbstverständlichkeit, dass ich es geschehen ließ und anfing, es zu genießen. Könnte ich mich daran gewöhnen?

»Gute Nacht und schlaf schön«, flüsterte er mir ins Ohr und gab mir einen Kuss darauf. Nur wenig später hörte ich seinen gleichmäßigen Atem. Mein Körper verkrampfte sich wieder. Ich hatte noch nie in Löffelchenstellung mit jemandem gelegen und konnte nicht einschlafen. Was war, wenn ich mich jetzt bewegte und ihn weckte? Je länger ich so dalag, desto besser ging es mir. Es fühlte sich nicht schlecht an. Ach, Herrgott noch eins. Das konnte alles nicht wahr sein.

4

Ich musste irgendwann letzte Nacht in dieser ungewohnten Position eingeschlafen sein. Als ich erwachte, hatte Erik mich immer noch im Arm. Sein Atem kitzelte mich am Hals. Das merkwürdige Gefühl seiner Nähe war nicht verflogen, absolut fremd und doch …

Und doch … angenehm, stellte ich fest. Hätte eher mit Angst, Unsicherheit oder einem Gefühl des Ausgeliefertseins gerechnet. Es war etwas, das ich bisher nie gekannt hatte. Christian hatte ich nach dem Sex bisher immer gebeten zu gehen und vor ihm hatte ich nur mit einem anderen geschlafen. Der hatte zwar bei mir übernachtet oder ich bei ihm, aber er wollte nie kuscheln. Jeder hatte auf seiner Bettseite unter getrennten Decken genächtigt.

Ich versuchte, auf den Wecker zu gucken, und hob meinen Kopf an.

Erik brummte Unverständliches hinter mir und zog mich wieder fester an sich. Ich hielt inne. Hatte ich ihn jetzt geweckt? Als ich nichts mehr hörte, wagte ich einen erneuten Versuch und befreite mich aus seiner Umarmung. Es war bereits halb zwölf mittags.

»Was ist?«, grummelte Erik mit kratziger Stimme.

»Ich wollte nur schauen, wie spät es ist.«

»Egal. Is' Sonntag, da kann man ausschlafen. Komm her«, murmelte er und zog mich wieder zu sich. Dann gab er mir einen Kuss auf den Hinterkopf. Ein Lächeln schlich sich auf meine Lippen, das im selben Moment gefror, als ich feststellte, dass ich es genoss.

Ich sollte aufstehen und ihn rauswerfen.

Jetzt!

Sofort!

Ich war nicht in der Lage, mich auf eine neue Person einzulassen. Ich durfte mich nicht darauf einlassen.

Mir reichte mein kleiner Freundeskreis aus der Schulzeit. Sie hatten bisher immer zu mir gehalten, egal was passiert war, und mich nie enttäuscht.

Als ich in der Schule geoutet wurde und alle auf mir herumhackten, standen sie hinter mir, hatten mich verteidigt. Damals war man noch nicht schwul, zumindest nicht öffentlich.

Oder als ich meinen Eltern klarmachte, dass ich Schriftsteller werden wollte und den Beruf als Verwaltungsfachangestellter an den Nagel hängte. Ich hätte bei jedem von ihnen übergangsweise wohnen können, wenn es finanziell eng geworden wäre.

Wie gesagt, immer, egal was passiert war – sie waren da. Sie ertrugen meine Marotten und respektierten, dass ich nicht in Restaurants bis auf eines, oder feiern ging. Sie überredeten mich erst gar nicht.

Und dann stieß Christian dazu und ich hatte eine Person mehr, der ich vertrauen konnte.

Sogar mein Verlag hatte irgendwann akzeptiert, dass ich keine Lesereisen machen würde. Ich schrieb nur und sie verkauften die Bücher. Fertig. Mir wäre es egal gewesen, wenn sie jemand anderen für mich ausgegeben hätten. Menschen zu treffen, war mein Horror.

Und jetzt lag ich hier mit einem mir völlig fremden Mann

und ich mochte es. In den letzten vierundzwanzig Stunden hatte er mich dazu gebracht, mehrmals über meinen Schatten zu springen. Dinge zu fühlen, von denen ich gedacht hatte, dass es für mich ausgeschlossen war.

Erik war ein Unsicherheitsfaktor. Ich wusste ihn nicht zu greifen. Mit seiner lockeren, offenen Art, den vielen Fragen ...

Meine wenigen Freunde konnte ich einschätzen. Sie waren keine Risikofaktoren, die jederzeit über mich herfallen würden.

Ob Erik wohl spürte, wie mein Herz pochte, nur weil er mich im Arm hielt? Beim Gedanken an letzte Nacht, wie er verschlafen im Türrahmen nur mit einer Pants bekleidet gestanden hatte, lächelte ich. Ich drehte mich in seinen Armen um, getrieben von dem irrsinnigen Gefühl, ihn anschauen zu müssen. Zu sehen, wie er aussah, wenn er wach wurde. Sah er dann auch so gut aus?

Erik brummte erneut unwillig, hielt mich aber nicht auf.

»Du verbreitest Unruhe, Kratzbürste.« Ich lächelte und befreite einen meiner Arme, um ihm die Locken aus dem Gesicht zu streichen, stellte jedoch fest, dass ich mir die Mühe sparen konnte. Sie wollten nicht so wie ich und rutschten immer wieder zurück.

Langsam öffnete er die Augen. Sie strahlten eine Wärme aus, die mein Herz noch schneller pochen ließ und ein Kribbeln durch meinen Körper jagte. Wir schauten uns an und er begann zu schmunzeln. Wobei, wenn ich es mir recht überlegte, war es mehr ein freches Grinsen.

»Du weißt schon, dass zu frühes Wecken Rache verlangt, oder?«, fragte er hinterhältig und ehe ich mich versah, lag ich auf dem Rücken und er saß auf mir. Meine Hände hatte er neben meinen Kopf gepinnt und ich konnte mich kaum noch rühren. Sofort versteifte sich mein gesamter Körper. Erik verschwamm vor meinen Augen, mein Puls stieg rapide an und ich musste mich daran erinnern, gleichmäßig und tief einzuatmen.

Erik spürte meine Anspannung, ließ mich los und setzte sich neben mich, bevor es schlimmer wurde. »Was ist passiert? Alles in Ordnung? Habe ich dir wehgetan?« Er klang verunsichert.

Ich schüttelte mit dem Kopf. »Nein ... nein ... es ist alles in Ordnung.« Ich wusste nicht, was ich sagen sollte. Einatmen, ausatmen, einatmen, ausatmen. Einzig darauf konnte ich mich konzentrieren. Hatte gerade keine Zeit, mir um Erik Gedanken zu machen. Ich richtete mich auf und lehnte mich mit geschlossenen Augen gegen das Kopfteil meines Bettes. Ich konnte ihm nicht erklären, warum ich so reagiert hatte. Würde es nie machen können und wollen. Es ging ihn nichts an und ich hatte es tief in mir verschlossen. Was würde es schon bringen, alles wieder hervorzuholen?

»Wir sollten frühstücken und dann kannst du gehen!« Bei den Worten zwang ich mich, die Augen zu öffnen, rutschte an den Rand des Bettes und stand auf. Ohne ihn anzusehen, verließ ich das Schlafzimmer und verschwand im Bad, um mich zu duschen und anzuziehen.

~

»Kannst du mir bitte einmal sagen, was hier gerade passiert ist?« Erik kam mir kurze Zeit später ins Bad hinterher. Ich stand unter der Dusche und putzte mir die Zähne.

»Nichts. Habe ich doch gesagt.« Ich betrachtete intensiv die Fugen der Wand und vermied es, Erik anzusehen.

»Und wieso bist du dann so abrupt abgehauen?«, hakte er nach. Meine Güte, konnte er nicht einfach einen Punkt machen und es bei dem belassen, was geschehen war? Warum musste er ständig Fragen stellen? Weshalb hatte ich ihn nicht einfach rausgeschmissen, als wir fertig waren? Wie konnte ich überhaupt in diese Situation geraten? Ich musste nur noch das Frühstück überstehen und dann war der Scheiß vorbei.

»Ich bin also Scheiße? Bis vor einer Viertelstunde dachte ich, es hätte dir gefallen!«, entgegnete er wütend und stieg zu mir unter die Dusche.

Shit, hatte ich das etwa schon wieder laut gesagt? Ich war manchmal einfach nur dumm. Das passierte bestimmt ausschließlich mir und niemand anderem. Und Erik wollte es unter der Dusche ausdiskutieren. Ich schloss für einen kurzen Moment die Augen und spuckte dann in den Abfluss.

»Du bist kein Scheiß. ’Tschuldigung. Das kam falsch rüber. Seit über zehn Jahren bist du der Erste, mit dem ich geschlafen habe, ohne dass ich ihn vorher kannte. Nur das reicht mir … Wahrscheinlich bist du ein netter Mann, aber nicht für mich«, versuchte ich zu erklären.

»Ich bin für dich kein netter Mann? Was bin ich dann? Ein Arschloch? Wartet der Herr auf etwas Besseres?« Na toll, er wurde immer wütender und verdrehte mir die Worte im Mund. Wie kam ich nur aus der Situation wieder heraus?

»Nein, natürlich nicht. Ich kann doch gar nicht beurteilen, wie du bist, weil ich dich nicht kenne. Es ist kompliziert, okay? Ich will mit niemandem irgendetwas haben. Das hat überhaupt nichts mit dir zu tun.«

»Die Dusche scheint nicht unser Ding zu sein. Das Rumgemache gestern hier drin war auch nicht erste Sahne.« Er war immer noch wütend und ich beschloss, es nicht zu kommentieren. Das konnte nur schlimmer werden. Ich ließ ihn alleine weiter duschen, rubbelte mich trocken, zog frische Klamotten über und ging in die Küche.

Wie vorhersehbar mein Leben bis gestern Morgen an der Kasse doch gewesen war. Ich seufzte und stellte die Kaffeemaschine an. Wenn er erst verschwunden war, würde es wieder so sein. Erleichterung machte sich in mir breit. Nicht mehr lange und ich hatte mein unaufgeregtes Leben zurück.

Als der Kaffee durchgelaufen war, stand Erik in der Küchentür. Sein feuchtes Haar fiel ihm in die Stirn und ich unterdrückte das Verlangen, es ihm wegzustreichen. Sein Gesichtsausdruck dabei half mir sehr.

»Ich bin dann weg, damit du dich nicht länger mit dem Scheiß rumärgern musst. Keine Sorge, wir werden uns nicht mehr wiedersehen«, stieß er zwischen zusammengebissenen Zähnen hervor und verließ die Wohnung mit einem lauten Türknallen. Hoffentlich hatten die Nachbarn das nicht gehört.

Ich setzte mich mit einer Tasse Kaffee an den Tisch und stützte den Kopf in den Händen ab. Jetzt hatte ich genau das, was ich wollte. Meine Ruhe und keinen Erik, der nervige Fragen stellte und darauf auch noch Antworten erwartete.

Warum zum Teufel konnte ich in meinen Büchern mit Wörtern umgehen, aber Menschen gegenüber kam immer das Falsche heraus? Ständig musste ich mir von Fremden, wenn ich mit ihnen redete, anhören, ich sei zu direkt und unhöflich.

Ich könnte jetzt hier mit Erik sitzen und ihn beim Frühstücken beobachten. Wie seine Locken ihm andauernd in die

Stirn fielen oder wie er sich mit dem Zeigefinger unwirsch über die Mundwinkel strich, um die Krümel wegzuwischen.

Aber er war Gott sei Dank vorher verschwunden. Die Episode ›Ich lade einen fremden Mann zu mir ein und kann damit nicht umgehen‹ war beendet.

Ich ließ den Kopf auf die Tischplatte sinken.

5

Den Nachmittag über tigerte ich unruhig in der Wohnung herum. Ich setzte mich an den Laptop und starrte ihn an, stand wieder auf und wechselte ins Wohnzimmer, von dort in den Garten. Es war ein sonniger, heißer Tag, genau wie die letzten auch. Zu heiß für mich.

Dann fand ich mich im Schlafzimmer auf dem Bett liegend wieder. Eriks Geruch stieg mir in die Nase und ich zog mir das Kissen über den Kopf, sog den Duft ein.

»Was mache ich hier eigentlich? Ich wollte ihn doch loswerden!«, rief ich laut und verzweifelt, schmiss das Kissen an die Wand und stand auf. Bezog mein Bett neu und wusch die benutzte Wäsche, damit ich gar nicht erst wieder in die Versuchung geriet, daran zu riechen.

Zwischendurch war ich joggen, trotz der Hitze, um die überschüssige Energie loszuwerden, und ständig sah ich auf mein Smartphone. Vielleicht hatte Erik mir eine Nachricht geschickt. Aber es blieb ruhig. Er meldete sich tatsächlich nicht mehr. Die ganzen verdammten langen Stunden. Wie er es versprochen hatte.

»Zum Teufel noch eins, soll er doch bleiben, wo der Pfeffer wächst!«, fluchte ich, als ich mir in der Küche eine Tasse Kaffee machte und diese im Stehen an die Arbeitsplatte gelehnt austrank. Ich hatte doch genau das, was ich wollte. Funkstille. Meine Ruhe.

Ich ertappte mich dabei, wie ich unseren Chat öffnete und

überlegte, was ich ihm schreiben könnte. Meine Finger lagen schon auf der Tastatur ...

Bloß was hätte ich ihm mitteilen können? Eine Entschuldigung? Wofür? Wir hatten nur miteinander geschlafen. Was erwartete ich überhaupt? Dazu kam, dass ich ihn rausgeworfen hatte, ihn nicht kennenlernen wollte. Angst hatte vor der Nähe, die sich einstellen könnte.

»Hör endlich auf zu denken und fang an zu schreiben!«, schalt ich mich laut, steckte das Handy allerdings in die Hosentasche, sodass die Vibration mich sofort aufmerksam machen würde, wenn Erik doch schrieb. Wie so häufig an diesem Nachmittag setzte ich mich an den Schreibtisch und versuchte, etwas Sinnvolles zu tippen. Aber es funktionierte nicht. Meine Gedanken schweiften von meinem Manuskript immer wieder zu Erik.

Wie er mich letzte Nacht am ganzen Körper geküsst hatte, welche Aufmerksamkeit er den Narben geschenkt hatte. Ich konnte seine Lippen immer noch auf ihnen spüren und ein Kribbeln breitete sich in meinem Bauch aus. Bis auf Christian und natürlich die behandelnden Ärzte hatte niemand sie vorher gesehen. Wie auch, ich ging nicht ins Schwimmbad oder die Sauna. Oben ohne zog ich nicht einmal in Betracht. Ich schämte mich nicht, aber ich hatte keine Lust auf die Fragen, die es unweigerlich mit sich bringen würde. Erik hatte nicht gefragt. Er hatte sie schlichtweg als einen Teil von mir betrachtet.

Es war ein Wahnsinnsgefühl gewesen, wie seine Hände überall und nirgends gewesen waren. Alleine bei dem Gedanken daran wurde ich steif und meine Hose drückte.

Seine Locken, die meinen Körper gekitzelt hatten, wenn er den Kopf bewegte. Ich hatte ihm Stück für Stück mehr Kontrolle über mich gegeben. War kurz davor gewesen, sie ganz abzugeben, hatte mich aber noch beherrschen können. Zu keiner Zeit hatte ich das Gefühl gehabt, er würde das ausnutzen.

Leise und genussvoll seufzte ich auf. Meine Hand streichelte durch den Stoff meiner Hose über mein Glied. Ich stellte mir vor, wie Erik es in den Mund nehmen würde, wie gestern Nacht. Seine Zunge würde erst mit der Eichel spielen, in den Schlitz stupsen und sich küssend den Schaft hinunter arbeiten, um dann wieder hoch zu lecken.

Ich stöhnte kaum hörbar auf, die Hose war mittlerweile offen und ich saß mit geschlossenen Augen an meinem Schreibtisch, während meine Hand meinen Penis streichelte.

Er hatte mich alleine mit dem Küssen und Lecken in den Wahnsinn getrieben und ich war kurz davor gewesen, ihn anzubetteln, meinen Schwanz endlich in den Mund zu nehmen.

Jedes Mal, wenn er oben angekommen war, hatte seine Zunge nur meine Eichel geneckt, bevor er das Spiel von vorne begann. Eine Hand hatte dabei sachte meine Eier gedrückt. Ich hatte bis dato nicht gewusst, dass ein Blowjob einen um den Verstand bringen konnte.

Meine Hand wurde schneller und ich seufzte leise auf.

Und dann, endlich, sein Mund umschloss meinen Schwanz und seine Zunge umspielte ihn. Meine Hände krallten sich in die Laken, damit ich Halt fand. Ich konnte nicht glauben, wie erregt ich war. Aus meinem Mund kamen Töne, die ich noch nie wahrgenommen hatte. Erik erhöhte das Tempo, bis ich es nicht mehr aushielt und in seinem Mund kam. Er wartete, bis mein Orgasmus abklang, bevor er mein Glied wieder freigab.

Völlig in den Erinnerungen gefangen, rieb ich mich jetzt so heftig, bis ich einen Orgasmus hatte. Langsam öffnete ich die Augen und schaute an mir herab. Mein Sperma war über mein Shirt gespritzt, aber es war mir egal. Dieses Mal war kein

Erik da, der mich hielt, mit mir den Moment des Nachbebens auskostete, mich streichelte, an meinem Ohr knabberte. Sein steifes Glied an meinem Arsch rieb und es ebenso genoss wie ich.

Jetzt war hier nur Stille und eine leere Wohnung.

Mit Christian hatte ich ebenfalls guten Sex, allerdings war es nie so intensiv und erregend gewesen wie mit Erik. Wie hatte er es nur geschafft, dass ich die ganze Zeit an ihn denken musste? Ich seufzte und schüttelte den Kopf. Als ob er mir fehlen würde.

Nach einer Weile stand ich auf, wechselte das Shirt und wusch mir die Hände. Ich war ruhiger, aber nur minimal. Ein Blick auf die Uhr verriet mir, dass es bereits früher Abend war und ich bis jetzt noch nichts geschafft hatte, außer unkontrolliert durch die Wohnung zu geistern. Mein Magen meldete sich schon seit geraumer Zeit, da ich heute bis auf Kaffee noch nichts zu mir genommen hatte. Der Appetit war mir nach dem Streit mit Erik vergangen, doch langsam wurde mir flau und ich musste jetzt etwas essen.

In der Küche suchte ich die Bestellflyer und entschied mich für den Chinesen. Ich gab die Bestellung auf, wie immer viel zu viel, und setzte mich erneut an den Schreibtisch, um einen neuen Versuch zum Schreiben zu starten.

～

Ich hatte gerade ein paar Sätze geschrieben, als es an der Tür klingelte. Erstaunt, dass mein Essen bereits kam, holte ich schnell mein Portemonnaie und öffnete die Tür.

»Ich habe nachgedacht. Vielleicht habe ich heute Morgen

ein wenig überreagiert. Du hast versucht, mir alles zu erklären, aber ich wollte nur meine Version hören.«

Vor mir stand definitiv nicht der Lieferdienst, sondern Erik. Ohne dass ich eine Chance hatte, etwas zu erwidern, drängelte er sich an mir vorbei, blieb im Flur stehen und wandte sich zu mir, um direkt weiterzureden. »Wir kennen uns halt noch nicht und da können Missverständnisse vorkommen. Deswegen habe ich beschlossen, dass wir uns besser kennenlernen sollten.«

Ich starrte ihn mit offenem Mund an. Was war das wieder?

Ich entsann mich, dass ich immer noch an der geöffneten Wohnungstür stand, und schloss diese. Welch Ironie. Den ganzen Tag dachte ich über Erik nach, konnte ihn nicht vergessen, hatte sogar überlegt, ihn anzuschreiben, und jetzt war er zum Greifen nahe und ich wollte ihn auf der Stelle loswerden. Nun ja, ein kleiner Teil von mir freute sich, ihn wiederzusehen. Zumindest dieses blöde Teil namens Herz nahm gerade Geschwindigkeit auf, in meinem Bauch passierten Dinge, die ich in einem Buch als Schmetterlinge beschrieben hätte. Wollte mir das aber nicht eingestehen.

»Könntest du mir bitte sagen, warum du nicht vorher anrufst?«, fragte ich ihn grantig und stutzte kurz. Ich wollte nicht wissen, was er hier tat oder schmiss ihn raus, sondern regte mich darüber auf, dass er nicht vorher angerufen hatte?

Und wieso war ich ihm gegenüber so miesepetrig und zeigte ihm nicht, dass es mich freute, ihn wiederzusehen?

»Wo ist dein Wohnzimmer? Ich habe Bier mitgebracht. Wir setzen uns gemütlich auf die Couch, stoßen an und lernen uns kennen«, überging er meine Frage. Mein Blick glitt zu seiner linken Hand, wo er tatsächlich ein Sixpack hielt, welches ich in meiner Überraschung übersehen hatte. Ich verdrehte die Augen, schob mich an ihm vorbei und ging vor.

Erik schaute sich um. »Viele Freunde hast du nicht, oder?« Es war mehr eine Feststellung als eine Frage, während sein Blick an den wenigen Bildern haften blieb, die ich im Wohnzimmer hängen hatte.

»Nö, brauche ich auch nicht. Die paar genügen mir. Wir waren schon in der Schule befreundet und ich kann mich immer auf sie verlassen.« Ich setzte mich aufs Sofa und beobachtete Erik, wie er die DVDs durchging, die ich im Regal neben dem Fernseher stehen hatte.

Mit einem Ruck, als ob er sich von den Filmen loseisen müsste, drehte er sich zu mir um. Er stellte das Bier auf den Tisch, befreite zwei Flaschen aus dem Träger, fischte aus seiner Hosentasche ein Feuerzeug und öffnete sie für uns. Eine reichte er mir rüber und setzte sich dann in den Sessel mir gegenüber.

»Also, was willst du von mir wissen?«, begann er.

»Nichts«, antwortete ich.

»Meine Kurzfassung: Ich bin Grafiker, 28 Jahre alt und auf dem Weg, mich selbstständig zu machen. Meine Hobbys sind Sex, ins Kino gehen …«

»Erik, bitte. Wir hatten gestern unseren Spaß. Warum belassen wir es nicht dabei? Informationen bringen einen dazu, sich mit einem Menschen auseinanderzusetzen, was unweigerlich zu irgendeiner Art von Beziehung führt. Dafür bin ich nicht bereit«, unterbrach ich ihn. Würde ich es je sein? Wahrscheinlich nicht, und doch erlaubte ich ihm in meinem Wohnzimmer zu sitzen, schmiss ihn nicht sofort raus.

Hörte ihm zu, wie letzte Nacht, mochte seine dunkle Stimme. Ließ zu, dass er redete, solange ich nichts von mir preisgeben musste. Warum griffen bei ihm meine über Jahre mühsam aufgebauten Schutzmaßnahmen nicht?

»... Männer aufreißen, mich mit Freunden zum Essen treffen und Eis essen gehen«, ignorierte er meinen Einwurf. Er hob die Flasche zum Prosten an und trank einen Schluck. Ich prostete ihm automatisch zu, ließ die Hand aber sofort wieder sinken.

»Gibt's bei dir auch noch anderes als Sex?«, konnte ich mir nicht verkneifen und ohrfeigte mich in Gedanken. Eben noch wollte ich nichts von ihm wissen und jetzt stellte ich eine Frage.

»Ja, meine zukünftige Firma. Ich bin im Moment in der Planungsphase. Es ist nicht einfach, sich selbstständig zu machen. Ansonsten ist Sex ein wichtiger Bestandteil meines Lebens. Was gibt es Besseres als guten Sex?«, antwortete er mir. Ein Lächeln schlich sich auf meine Lippen. Er bekam es hin, dass ich ihm nicht lange böse war, obwohl er mein sonst so organisiertes Leben in nur vierundzwanzig Stunden völlig durcheinandergeworfen hatte und ich total neben der Spur war. Aber ja, was gab es Schöneres? Seit gestern Nacht hätte ich seine Meinung teilen können.

Wieder stiegen Erinnerungsfetzen in mir hoch. Wie ich in Erik gewesen war und mich zurückhielt. Dieses Mal war er fast verrückt geworden vor Erregung und hatte keine Scheu, um mehr zu betteln. Wärme stieg in mir auf und ich legte meine Hände unauffällig in den Schoß, sodass Erik nicht sah, was in meiner Hose passierte.

Warum belog ich mich eigentlich? Wir hatten doch bereits eine Art von Beziehung. Ich hatte ihn auf eine Art und Weise kennengelernt, wie es nur wenige konnten. Bis auf die zig Männer, die er aufgerissen hatte, dachte ich ironisch.

»Erzählst du mir, warum du Menschen nicht magst?« Es war seine erste persönliche Frage an mich und holte mich zurück zu unserem Gespräch. Ich lehnte mich zurück, immer noch darauf bedacht, die Hände nicht zu verrücken, und blickte an die Decke, als ob dort die Antwort zu finden wäre. Nein, ich konnte nicht. Also schüttelte ich den Kopf. Dann sah ich ihn wieder an. Allerdings verunsicherte mich der aufkeimende Gedanke extrem, dass ich in ferner Zukunft so weit sein könnte. Er war der Erste, bei dem ich es mir tatsächlich vorstellen könnte, über meine Vergangenheit zu sprechen.

Er zuckte mit den Schultern. »Ich bin ein guter Zuhörer, auch wenn es nicht immer den Anschein macht.« Er lächelte mich an. Um meine Unsicherheit zu überspielen, senkte ich den Kopf und nahm endlich einen Schluck aus der Flasche.

Plötzlich klingelte es an der Tür und ich fuhr zusammen. Ich hatte völlig vergessen, dass ich Essen bestellt hatte.

»Erwartest du Besuch?«, fragte Erik.

»Nein, das ist ein Essenslieferant. Chinesisch. Sollte für uns beide reichen.« Ich stand auf, griff mein Portemonnaie und ging mal wieder zur Tür.

Als ich zurück ins Wohnzimmer kam, war Erik aufgestanden und hatte einen Film in der Hand.

»Was hältst du davon, wenn wir den gucken würden?« Er hielt mir die DVD hin. *God's own Country,* den hatte ich noch nicht gesehen.

»Okay«, murmelte ich und stellte das Essen auf dem Tisch neben dem Sixpack ab. Er legte den Film ein und ließ sich auf dem Sofa nieder. Während er die Schachteln mit dem Essen auf dem Tisch verteilte, holte ich Teller und Besteck und setzte mich neben ihn.

Ich schaute ständig zu Erik hinüber und betrachtete ihn im Profil. Es war für mich nicht greifbar, dass er wiedergekommen war. Ihn hatte meine Art bisher nicht vertrieben. Das war sonst immer mein Rettungsanker. Die wenigsten kamen damit zurecht und ließen mich ganz schnell in Ruhe.

Als ich satt war, lehnte ich mich zurück, nahm die Bierflasche und trank sie in einem Rutsch leer. Erik drehte sich mit einem Lächeln zu mir um und prostete mir mit seiner Flasche zu. Wenn einer meiner Freunde gewusst hätte, dass ich hier mit einem fremden Mann saß, wären sie sofort hergekommen, um sich das seltene Exemplar anzuschauen, das es länger als eine Stunde mit mir aushielt.

»Der Film ist gut. Johnny erinnert mich ein wenig an dich.« Er lehnte sich an die Rückenlehne und wandte sich mir zu.

»An mich? Ich bin mitnichten so ein Trinker wie Johnny und ich wohne nicht auf einer Farm«, hielt ich dagegen.

»Du bist genauso stoffelig wie er. Johnny mag Gheorghe, aber statt ihm das zu zeigen, stößt er ihn von sich.« Ich starrte ihn an. Er kannte mich überhaupt nicht, woher nahm er sich das Recht, so etwas zu sagen?

»Ich denke nicht, dass du dir ein Urteil über mich erlauben darfst«, ging ich ihn heftiger an, als ich wollte.

Eriks Blick fiel auf meine leere Bierflasche und er beugte sich zum Tisch, um zwei neue zu holen. Die leeren stellte er neben dem Sofa ab.

»Schon gut. Lass uns den Film weiterschauen«, beschwichtigte er mich und wandte seinen Blick dem Fernseher zu. Kurz fühlte ich mich wie ein offenes Buch für ihn. Ich dachte daran, was mir durch den Kopf gegangen war, als er vorhin angekommen war. Es musste aufhören. Ich brauchte meine Sicherheit zurück. Keine Überraschungen, keine Fremden, mit denen ich schlief und die mich durchschauten.

Schnell leerte ich mein Bier und griff sofort zur nächsten Flasche. Normalerweise trank ich kaum Alkohol, aber Eriks Anwesenheit machte mich nervös. Er nahm sie mir ab und öffnete sie wieder. Als ob ich das nicht könnte. Nur hatte er im Gegensatz zu mir einen Flaschenöffner am Schlüsselbund. Meiner lag noch an seinem Platz in der Küche.

»Menschen sind brutal. Nicht nur körperlich, sondern auch mit Worten. Wörter können einen mehr verletzen, als es physische Gewalt vermag.« Keine Ahnung, warum ich das jetzt sagte. Lag es am Alkohol? Oder an Erik? Ich wusste es nicht. Nichtsdestotrotz wollte ich es loswerden. Er blickte weiterhin geradeaus zum Fernseher, trotzdem war ich mir gewiss, dass er aufmerksam zuhörte. Zu meiner Überraschung blieb er ruhig. Wartete, ob ich weitersprach.

»Sie können nicht miteinander, aber auch nicht ohne einander. Sie können demütigend, erniedrigend gegenüber vermeintlich Schwächeren sein. Ihnen ist egal, was sie bewusst oder unbewusst anrichten. Sie richten über andere, obwohl es ihnen nicht zusteht. Sie treten in dein Leben, gehen auf dich los und lassen dich blutend und schwer verletzt zurück, ganz egal, was aus dir wird.«

Schon während ich sprach, bildete sich ein Kloß in meinem Hals und mir traten Tränen in die Augen, die ich mit aller Macht versuchte zu unterdrücken. Ich schluckte mehrmals, aber es misslang mir. Langsam lösten sie sich und suchten sich einen Weg nach unten.

Warum erzählte ich ihm das? Er rückte näher zu mir und nahm mich in den Arm und um meine Selbstbeherrschung war es ganz geschehen. Ich schluchzte und ließ den Tränen freien Lauf. Erik sagte kein Wort, hielt mich nur. Fragte nicht nach, ob oder was mir passiert war. Dass es etwas gab, hatte er sich garantiert aus den letzten Stunden zusammengereimt, zudem sprachen meine Narben eine deutliche Sprache.

Er strich mir immer wieder tröstend über den Rücken, kraulte meinen Hinterkopf, obwohl ich mittlerweile aufgehört hatte zu weinen. Meine Güte, wie peinlich, jetzt hatte ich vor ihm geheult. Ich hatte schon lange nicht mehr über meinen Unfall oder die Schulzeit gesprochen. So hatte ich die Vorfälle von vor Jahren genannt. Es war einfacher. Wenn ich darüber sprach, dann nur mit Christian. Er wusste alles bis ins kleinste Detail. Er war derjenige, der ständig darauf pochte, dass ich mir Hilfe holen sollte.

Als ich mich wieder im Griff hatte, befreite ich mich aus Eriks Armen. Am Rande bekam ich mit, dass der Film zu Ende war. Ich gab dem inneren Drang nach, mich zu bewegen. Jetzt still zu sitzen, war für mich unmöglich und ich begann im Zimmer auf und ab zu wandern, den Kopf gesenkt. Ich musste raus an die frische Luft. Also öffnete ich die Terrassentür und trat hinaus. Dort schloss ich meine Augen und atmete tief ein und wieder aus. Wie gut, dass ich im Erdgeschoss eine Wohnung gefunden hatte.

Draußen war es still bis auf das Rascheln der Blätter im Garten. Es war noch angenehm warm und fast schon dunkel.

Hinter mir hustete Erik und stampfte extra laut mit seinen Schuhen auf, als er sich hinter mich stellte, damit ich mich nicht erschreckte. Er berührte mich nicht und trotzdem spürte ich seine Nähe. Noch immer sagte er nichts, war nur da. Wie konnte es sein, dass er in wenigen Stunden meine mühsam errichtete Mauer durchbrochen hatte und ich ihn an mich heranließ? Je näher er mir kam, desto mehr würde es wehtun, wenn er mich fallen ließ und weiterzog.

»Ich will dich wirklich kennenlernen. Du bist anders. Ich habe noch nie jemanden getroffen, der von Anfang an ehrlich war, keine Scheu hat zu sagen, was er denkt, ohne Rücksicht auf Verluste«, durchbrach er die Stille. Ich wusste nicht, wie lange wir nur dastanden, aber es war eine Weile.

Ich drehte mich zu ihm um. Wir berührten uns fast. Ich musste bloß meinen Kopf nach vorne neigen und hätte ihn küssen können. Ich hätte es so gerne getan, aber das wäre das falsche Zeichen gewesen. Ich musste es beenden, bevor etwas draus wurde.

»Und dann? Wenn du mich dort hast, wo du mich haben willst? Ich mich auf dich einlasse, womöglich vielleicht Vertrauen fasse? Dann werde ich uninteressant für dich und du bist weg. Ziehst weiter zum Nächsten. Aber da bin ich der Falsche. Es hat einen Grund, warum ich alleine bin.« Ich bemerkte selbst, wie resigniert ich klang.

»Wieso glaubst du das? Lass dich überraschen und versuche, mir zu vertrauen. Nicht alle Menschen sind verletzend. Auch wenn ich wie ein Schürzenjäger wirke, will ich am Ende dasselbe wie beinahe jeder: Jemanden finden zum Lachen, Weinen, Anlehnen, der mich liebt und sich von mir lieben lässt. Ich hatte bereits Beziehungen und meine Lehre daraus war: Wer nicht wagt, der nicht gewinnt.«

Erik flüsterte fast, als er die Worte sagte. »Gib‹ mir eine Chance. Ich kann mehr als labern. Aber wenn ich nervös bin, dann rede ich viel.« Er griff nach meinen Händen und verschränkte unsere Finger miteinander. Ich schloss die Augen und schüttelte den Kopf. Er war einfühlsamer, als ich gedacht hatte. Das machte es noch einmal schwerer für mich, ihn gehen zu lassen. Als ich die Augen wieder öffnete, blickte ich auf unsere Hände. Dabei fühlte es sich so verdammt gut an.

»Na los, du Stoffel, gib dir einen Ruck. Lass dir zeigen, dass es sich manchmal lohnt, über seinen Schatten zu springen und zuzulassen, dass man begehrt wird«, forderte er mich auf.

So verlockend seine Worte klangen, ich konnte es nicht. Die

Angst vor dem, was kommen könnte, dem riesigen Unbekannten, war zu groß. Außerdem erwartete er vielleicht Sachen von mir, die ich ihm nie geben konnte.

Ich würde von dem kostbaren Nektar kosten, eventuell würde er mir sogar schmecken und im nächsten Moment würde er mir wieder genommen werden.

Traurig schaute ich ihn an. »Ich kann das nicht. Tut mir leid. Wir sollten es beenden, bevor es überhaupt anfängt.«

Er nickte und doch sagte er: »Ich werde nicht aufgeben und möchte dich kennenlernen. Wir sind es wert, eine gemeinsame Geschichte zu schreiben. Das können wir aber nur, wenn wir es zulassen. So schnell wirst du mich also nicht los. Mir ist egal, was dir früher passiert ist. Heute zählt das Hier und Jetzt. Man kann nicht nur in der Vergangenheit leben, man muss auch vorwärtsgehen.« Er klang siegessicher. Dann drehte er sich um, durchquerte mein Wohnzimmer und ich hörte, wie die Wohnungstür hinter ihm ins Schloss fiel.

Ich schaute ihm noch hinterher, als er bereits lange fort war. Die Worte meines Vaters fielen mir wieder ein, die er mir kurz nach meinem Outing in der Schule gesagt hatte: Wahre Größe zeigt sich in der Niederlage, nicht im Sieg. Gehst du mit erhobenem Kopf vom Spielfeld und lernst daraus oder lässt du den Kopf hängen und wirst dich ab jetzt immer unterbuttern lassen? Nur wer keine Angst vor der Niederlage hat, kann die ganz großen Siege erringen.

Ich hatte Angst davor zu verlieren. Riesige Angst. Dadurch hatte ich mir schon verdammt viele Chancen im Leben verbaut.

6

Ich hatte seit drei Tagen nichts mehr von Erik gehört. Einerseits war ich erleichtert, war es doch genau das, was ich wollte. Mein Leben hatte sich wieder eingependelt und ich war zur Ruhe gekommen, obwohl meine Gedanken immer wieder zu ihm abschweiften und sich in guten Momenten mit der Frage beschäftigten: Was wäre gewesen, wenn? Wäre es etwas Echtes auf Dauer geworden oder hätte er mich irgendwann abgeschossen?

Auch wenn ich es nur schwer zugeben konnte, war ich enttäuscht, dass es vorbei war. Ich mochte seine Gesellschaft. Trotz oder gerade aufgrund seiner Ignoranz gegenüber meiner vermeintlichen Ablehnung.

In meinen schlechten Augenblicken war ich jedes Mal froh, es beendet zu haben, bevor überhaupt etwas werden konnte. Alles, was ich brauchte, hatte ich. Meine Freunde und die Familie. Das war etwas Beständiges und kein ewiges Chaos im Inneren.

Egal, ich sollte nicht über Erik nachdenken, sondern mich auf mein Buch konzentrieren. Ich griff zur Kaffeetasse, nur um festzustellen, dass sie leer war. Seufzend stellte ich sie wieder auf dem Tisch ab, zu faul, aufzustehen, um mir neuen Kaffee zu holen. Ich schloss die Augen, legte den Kopf in den Nacken und streckte mein Gesicht der Sonne entgegen. Da heute schönes Wetter und es nicht zu heiß war, hatte ich beschlossen, auf der Terrasse zu schreiben. Es herrschte eine herrliche Stille bis auf das Vogelgezwitscher und das gleichmäßige Brummen des Rasenmähers von einem der Nachbargrundstücke.

Plötzlich spürte ich zwei Lippen auf meinen. Vor Schreck riss ich die Augen auf, schrie, schlug um mich, sprang auf und der Stuhl fiel um. Ohne wahrzunehmen, wer mich überfiel, versuchte ich, den Angreifer abzuwehren. Mein gesamter Körper stellte sich auf Verteidigung ein und das Adrenalin durchflutete mich, während ich gleichzeitig die aufwallende Panik unterdrücken wollte.

»Holla, ganz ruhig. Ich bin's nur«, erklang Eriks Stimme von der Seite. »Was war das denn?«, fragte er erstaunt und blickte mich besorgt an. Ich atmete ein paar Mal tief ein, um mich zu beruhigen. Langsam sollte er doch mitbekommen haben, dass man sich bei mir nicht einfach anschleichen konnte.

Erik fasste mich an der Schulter und ich versteifte mich immer noch in Abwehrhaltung.

»Nichts«, brachte ich heraus. »Mach so etwas nie wieder!«, knurrte ich. Dann schüttelte ich seine Hand ab, bückte mich nach dem Stuhl und stellte ihn auf.

»Sorry, ich wollte dich nicht erschrecken, aber es sah so verführerisch aus, wie du dagesessen hast, und ich dachte, von vorne wäre es in Ordnung«, entschuldigte er sich.

»Was machst du hier? Ich hatte doch klar und deutlich gesagt, dass ich dich nicht mehr sehen will«, fauchte ich ihn als Nächstes an und überging seine Entschuldigung.

»Hatte doch gesagt, dass wir uns wiedersehen und ich nicht aufgebe«, antwortete er knapp und sein Blick fiel auf meinen leeren Becher. »Oh, du trinkst Kaffee? Ich hol mir auch welchen und setze mich zu dir. Kann ich dir noch eine Tasse mitbringen?«

Warum überging er mich wieder? Wieso war er gekommen, obwohl ich ihn weggeschickt hatte? Konnte man seinen Beteuerungen glauben? Er hatte mir gesagt, dass er nicht aufgeben würde. Und warum zum Teufel freute ich mich darüber, ihn wiederzusehen? Trotz des Adrenalins, das noch durch meine Adern pumpte, schlug mein Herz erfreut schneller und ich musste mir das Grinsen verkneifen.

Erik beugte sich zu meinem Becher und griff nach ihm. »Schreib ruhig weiter. Habe ein Buch von dir gekauft und es dabei. Eigentlich wollte ich dich fragen, ob du es mir signierst, aber ich kann warten.«

Schon während er sprach, ging er in die Küche und hatte die Lautstärke seiner Stimme zum Ende angehoben, damit ich ihn verstand. Ungläubig blickte ich ihm hinterher, bis ich ihn in der Wohnung nicht mehr sehen konnte und setzte mich. Langsam beruhigte sich mein Körper, stellte sich auf Alltagszustand um und Müdigkeit breitete sich aus. Mein Puls beruhigte sich und der kalte Angstschweiß trocknete auf meiner Haut.

Aber meine Konzentration war dahin, wie sollte ich nach diesem Schrecken weiterschreiben?

Bei dem Gedanken daran, dass er sich nicht von mir abschrecken ließ, stahl sich allerdings ein leichtes Lächeln auf meine Lippen, das ich dieses Mal zuließ. Bisher stand Erik zu seinem Wort, was ich an Menschen schätzte.

»Hier, dein Kaffee.« Erik erschien in der Terrassentür, trat zu mir und stellte die Tasse an ihren alten Platz. Ich griff noch völlig in Gedanken automatisch danach. Mit den Augen folgte ich ihm, wie er sich auf die Bank setzte, die an der Wand stand, und ein Buch aus seinem Rucksack holte, den er wohl dort abgestellt haben musste. Das war komplett an mir vorbeigegangen.

Der Kerl machte mich verrückt. Ob er da war oder nicht.

»Mit wie vielen hast du in den letzten Tagen geschlafen?«, fragte ich ihn unvermittelt. Erik wandte sich mir zu.

»Du bist dir darüber im Klaren, dass das eine persönliche

Frage ist und du nichts von mir wissen wolltest?«, stellte er die Gegenfrage. War ja klar.

»Ja«, antwortete ich knapp.

»Mit keinem.« Wie bitte? Ich hatte jetzt vermutet, dass er zumindest mit einem anderen geschlafen hätte. Immerhin war Sex laut seiner Aussage von Sonntag wichtig für ihn.

»Warum nicht?«

Die Antwort von ihm kam wie aus der Pistole geschossen.

»Weil ich dir beweisen will, dass ich es ernst meine.« Ich starrte ihn an, mein Blick heftete sich auf seine Lippen. Ich konnte spüren, wie sie über meine Brust runter bis zu meinem Bauchnabel strichen. Sanft und fordernd zugleich. Zwischen ihnen seine Zungenspitze, die mich kostete.

Ich stellte meine Tasse auf dem Tisch ab, stand auf und war mit wenigen Schritten bei ihm. Dann nahm ich ihm das Buch aus der Hand, legte es nachlässig neben ihm ab und packte ihn mit meiner anderen Hand am Arm.

»Komm mit«, forderte ich ihn auf.

Erik folgte mir ins Schlafzimmer, ohne ein Wort zu sagen. Wie kam ich auf die Idee, mit ihm zu schlafen, obwohl ich ihn doch loswerden wollte? Ich verstand mich nicht mehr. Wusste nur, dass ich ihn wieder spüren und schmecken wollte. Fühlen wollte, wie seine Hände über mich strichen, seine Lippen mich küssten. Wollte erneut die Intimität zwischen uns erleben ...

~

Ich duschte, zog mich an und ging auf die Terrasse. Unser Kaffee war mittlerweile kalt geworden, sodass ich ihn weggoss und uns neuen kochte. Gerade als ich wieder auf meinem Stuhl vor dem Laptop saß, kam Erik, ergriff die Tasse, ließ sich auf der Bank nieder und begann zu lesen.

Ich fixierte den Bildschirm und bekam keinen vernünftigen Satz hin. Ich war mir seiner Anwesenheit überdeutlich bewusst und konnte nur daran denken, dass ich erneut mit Erik geschlafen hatte. Dabei versuchte ich noch immer, mir einzureden, dass ich ihn loswerden wollte.

»Hör zu Erik, das hatte nichts zu bedeuten.« Während ich das sagte, starrte ich weiterhin auf den Laptop. Beobachtete den Cursor, der im gleichbleibenden Takt blinkte. War nicht in der Lage, ihm in die Augen zu schauen. Bestimmt hatte er seine Augenbrauen wieder hochgezogen.

»Ich mag deinen Stil. Zwar bin ich bisher nur bis zur dritten Seite gekommen, aber es gefällt mir. Du solltest wissen, dass ich nicht viel lese, zumindest keine Romane. Ich will dich allerdings nicht länger vom Schreiben abhalten, sondern werde weiter deinen Schreibstil bewundern«, erwiderte Erik und ignorierte meine vorherige Aussage. Wie immer.

Ich drehte mich völlig überrumpelt zu ihm um. Hatte er ernsthaft über meine Schreibweise geschwafelt, nachdem ich ihm gesagt hatte, dass unser Sex nichts zu bedeuten hatte?

»Hast du mir zugehört?«, fragte ich fast wütend.

»Ich höre dir immer zu, und sobald du bereit bist, mit mir zu reden, stehe ich zur Verfügung. Aber du musst jetzt schreiben. Na los, sonst habe ich bald jeden Roman von dir durch und du diesen noch nicht fertig«, forderte er mich auf. Ich drehte mich kopfschüttelnd um. Wie konnte ich Erik wieder loswerden? Meine Direktheit war ihm völlig egal. Meine Wünsche auch? Hatte ich einen Wunsch geäußert?

»Ich höre dich nicht tippen. Ist das normal?«, erkundigte sich Erik.

»Halt den Mund und lass mich endlich in Ruhe«, fauchte ich ihn an.

»Okay, okay, ich bin ja schon ruhig«, beschwichtigte er mich und dann war es still. Ich starrte auf den Laptop und versuchte, einen vernünftigen Gedanken zu fassen, während Erik auf der Bank hockte und las. Ich hörte das Umblättern der Seiten und das Zwitschern der Vögel. Hin und wieder raschelten die Blätter im Wind, in der Nachbarschaft lachten Kinder, die miteinander spielten, ansonsten herrschte Ruhe.

»Warum zum Henker machst du das? Warum lässt du mich nicht alleine? Wieso ignorierst du meine Wünsche?«, brach es aus mir heraus und ich wandte mich ihm erneut zu. Er nahm einen Schluck aus seiner Tasse, die er in der Hand hielt, dann stellte er sie neben sich auf die Bank und legte das Buch dazu. Alles in einer Gemütsruhe. Gerade wünschte ich mir ein kleines Stückchen seiner Gelassenheit. Stattdessen trommelte ich mit den Fingern einen unruhigen Takt auf den Tisch.

»Warum hast du mich zum Frühstück eingeladen?«, antwortete er mit einer Gegenfrage. Was sollte das jetzt werden? Konnte er nicht einmal nur antworten?

»Als Dankeschön, das weißt du doch«, pfefferte ich ihm gereizt entgegen.

»Und weshalb hast du dich bereits am Nachmittag wieder gemeldet?«, bohrte er weiter.

»Weil … Weil …« Ich konnte mir nicht bewusst eingestehen, dass ich ihn hatte wiedersehen wollen und es im Grunde noch immer tat.

»Ich bin hier, weil ich den merkwürdigsten Kerl, der mir je untergekommen ist, unbedingt kennenlernen will«, unterbrach er meine Gedanken. »Irgendwann wirst du auf meine Frage eine Antwort haben und dann werde ich immer noch hier sein. Wie ich dir bereits am Sonntag sagte, so schnell wirst du mich nicht mehr los, Stoffel.« Er griff nach dem Buch und las weiter. Wenn ich merkwürdig war, was war er dann? Jeder normale Mensch hätte angesichts meiner Schroffheit die Flucht ergriffen.

7

» Heilige Scheiße, der Sex ist einfach gut mit dir«, stöhnte Erik neben mir. Wir lagen verschwitzt in meinem Schlafzimmer auf dem Bett. Erik war mittlerweile seit einer Woche fast jeden Abend da. Ich versuchte immer noch, nichts Privates von ihm zu erfahren, was schwieriger wurde, je öfter wir uns sahen, und doch sog ich jede Information von ihm auf. Zudem war er ein redseliger Mann, der mich erstens ständig ausfragte und zweitens Informationen von sich ungefragt preisgab.

»Also Stoffel, in sechs Monaten ist es soweit und ich bin selbstständig. Habe heute gekündigt. Es steht fast alles. Zumindest theoretisch auf dem Papier.«

»Erik, ich will nichts von dir wissen. Wann begreifst du das endlich?«, stoppte ich ihn allerdings nicht mehr so vehement wie die ersten Male, es klang eher mechanisch. Diese Einsprüche hätte ich im Prinzip auch weglassen können, ich wollte ja alles von ihm wissen, dachte ich, während ich die Decke betrachtete.

»Wirst du zu meiner Eröffnungsfeier kommen? Es wird nichts Großes, nur ein Umtrunk mit Freunden, alten Kollegen und meinem bereits bestehenden Kundenstamm.« Er hatte im Gegenzug beibehalten meine Einwände weiterhin größtenteils zu ignorieren.

»Ich werde nicht kommen. Da sind Menschen. Auf keinen Fall.«

»Du könntest eine kleine Lesung halten und ich mit dem zurzeit angesagtesten Krimiautoren angeben. Das wäre echt perfekt.«

»Nein.« Ich stand brüsk auf und verschwand im Badezimmer, um mich abzuduschen. War es eigentlich normal, sich jedes Mal nach dem Sex zu duschen? Erik folgte mir, umarmte mich und lehnte seinen Kopf an meiner Schulter an. Ein Finger strich über eine Narbe an meinem Bauch. Aus einem sich mir nicht zu erschließenden Grund mochte er diese besonders. Wenn ich kein Shirt anhatte, streichelte er darüber.

»Hey, war doch nur eine Idee.« Er sprach leise, sehr sanft, gab mir einen Kuss in den Nacken und ich stellte das Wasser an.

»Was ist mit Essen? Wollen wir etwas bestellen und einen Film schauen? Morgen ist Samstag, wir könnten einen *Herr-der-Ringe-Marathon* machen. Dann bin ich mir sicher, dass du wirklich alle Filme gesehen hast«, schlug er fröhlich vor. Ich lächelte. Erik war definitiv ein Filmsuchti. Sosehr ich auch versuchte, mir einzureden, nichts von ihm erfahren zu wollen, das war mir bereits klar. Er schien es zu lieben, Essen zu bestellen und dabei einen Film zu schauen.

»In Ordnung. Ich bin für Pizza«, stimmte ich ihm zu. Er kochte mich weich. Vielleicht war er der Erste, der es tatsächlich schaffen konnte.

In bequemen Klamotten lümmelten wir uns nach dem Duschen aufs Sofa. Erik bediente sich schamlos an meinem Kleiderschrank, und so saß er in einer meiner Jogginghosen und Shirts neben mir und blätterte im Bestellflyer. Wahrscheinlich war der Film halb um, bis wir etwas bestellen konnten. Erik entschied sich ständig um. Als wir den ersten Teil der Reihe starten wollten, klingelte es an der Tür.

Erstaunt sah ich Erik an.

»Woher soll ich wissen, wer das ist? Ich habe niemanden eingeladen. Außerdem ist es deine Wohnung«, meinte er nur schulterzuckend. Es klingelte bereits zum zweiten Mal. Also erhob ich mich seufzend und öffnete die Tür. Es war Christian. Er hatte eine kleine Tüte in der Hand. So sehr ich mich freute, ihn zu sehen, so ungelegen kam er. Ich warf einen Blick ins Wohnzimmer, wo ich Erik auf dem Sofa sitzen sah. Immer noch vertieft in den Bestellflyer. Ich war nicht darauf vorbereitet, dass die beiden jetzt aufeinandertrafen, aber Christian ließ sich bestimmt nicht abwimmeln.

»Hey, ich habe Chinesisch dabei. Dachte, wir könnten zusammen essen und quatschen. Haben uns schon länger nicht mehr gesehen.« Er schob sich an mir vorbei und betrat direkt das Wohnzimmer, aus dem der Soundtrack von *Herr der Ringe* erklang. Ich eilte ihm nach und prallte fast gegen ihn, weil er abrupt im Türrahmen stehen blieb.

»Jonas, da sitzt ein Mann auf deinem Sofa.«

»Ich weiß«, antwortete ich nicht gerade geistreich.

»Du kannst gerne näherkommen. Ich beiße nicht, bin weder Vampir noch Werwolf noch Massenmörder«, hörte ich Erik munter vom Sofa. Ich schob Christian ins Wohnzimmer, um ebenfalls einzutreten. Erik war aufgestanden, kam auf Christian zu und streckte ihm die Hand hin.

»Hey, ich bin Erik. Bist du nicht der Arzt, mit dem Jonas neulich Nacht telefoniert hat?«

»Du bist der Übernachtungsbesuch, den Jonas mir verschwiegen hätte, wenn du nicht im Bild aufgetaucht wärst. Ja, ich bin der Arzt. Christian, hallo.« Die beiden gaben sich die Hand.

»Wie ich sehe, störe ich. Dann mach ich mich wieder auf den Weg.« Christian drehte sich zu mir um und grinste mich frech an. »In natura sieht er noch besser aus als verschwommen im Bild.«

»Quatsch, du störst nicht. Wir wollten Essen bestellen und einen *Herr-der-Ringe-Marathon* veranstalten. Willst du nicht bleiben?«, lud Erik Christian ein.

»Wie gut, dass ich über meine Wohnung entscheiden kann«, meinte ich nur sarkastisch in Eriks Richtung. »Allerdings würde es mich freuen, wenn du wirklich bleibst«, bekräftigte ich Eriks Einladung. Dann konnte Erik mir wenigstens keine persönlichen Fragen stellen.

»Ich habe aber nur Essen für zwei Personen dabei. Wusste ja nicht, dass wir zu dritt sind.« Christian schaute mich anklagend an. Ich verstand ihn sogar. Wir hatten zwischendurch immer wieder telefoniert, jedoch hatte ich Erik nicht weiter erwähnt, bis auf die kurze Story von unserem Kennenlernen.

»Wir könnten Chicken Wings dazu machen, ich habe noch welche in der Truhe«, schlug ich vor und drückte mich somit vor weiteren Erklärungen.

»Tolle Idee, ich leg sie sofort in den Ofen und hole uns Teller und Besteck.« Erik ging an uns vorbei in die Küche.

»Wie kommt es, dass ich nichts von ihm weiß? Er scheint sich hier gut auszukennen. Ich dachte, das war eine einmalige Sache.« Christian drehte sich zu mir um und senkte die Stimme. Ich schaute ihn entschuldigend an.

»Ich werde ihn einfach nicht los. Er kommt immer wieder, obwohl ich ihm mehrfach gesagt habe, dass ich nichts von ihm wissen will und er mich in Ruhe lassen soll.« Ich verschränkte die Hände am Hinterkopf und blickte seufzend zur Decke. Christian lachte nur leise auf.

»Christian, trinkst du auch ein Bier?«, erscholl Eriks Stimme aus der Küche.

»Ja, eines geht«, rief er zurück.

»Schläfst du mit ihm?«, fragte er mich dann. Ich nickte. »Was für eine blöde Frage. Selbstverständlich schläfst du mit ihm. Irgendeinen Grund muss es ja haben, dass er noch da ist. Ich gönne es dir, du hast es verdient.« War ja klar, dass er das sagen würde. Vielleicht sollte ich beim Sex schlechter werden, dann würde ich Erik doch noch los.

Christian ging zum Tisch und räumte das Essen aus der Tüte. Er hatte bei unserem Lieblingschinesen gehalten. Wir liebten es beide.

Erik kam zurück und hatte für jeden ein Bier in der Hand, das er an uns weiterreichte. »Dauert noch einen Moment, bis die Wings fertig sind.« Er setzte sich wieder auf die Couch und ich mich neben ihn. Christian hockte sich auf den Sessel, wir prosteten uns zu und tranken jeder einen Schluck. Im Fernsehen begann das DVD-Menü immer wieder von vorne und der Film wartete darauf, gestartet zu werden.

Beim Trinken ertappte ich mich bei dem Gedanken, wie sehr ich es schon genoss, dass Erik sich so gut auskannte in meiner Wohnung. Er behandelte meinen Besuch, als wäre es ebenso seiner und wir würden hier zusammen wohnen. Wieder eines der Dinge, die ich bisher nie gekannt hatte, an die ich mich aber gewöhnen könnte.

»Ich habe dir doch von dem neuen Chirurgen auf unserer Station erzählt, oder?«, fragte Christian nach einer kurzen Weile.

»Ja«, antwortete ich ihm.

»Wir haben morgen ein Date.« Oh, das war eine Neuigkeit.

»Ein Essen-ist-gar-nicht-so-wichtig-weil-wir-lieber-ins-Bett-wollen-Date oder ein echtes Date?«, erwiderte ich. Christian grinste mich an.

»Ein echtes Date. Das mit dem Bett haben wir getestet und es hat wunderbar funktioniert.«

»Im Bereitschaftsraum?«, schaltete sich Erik ein und zog dabei die Augenbrauen in die Höhe.

»Jepp.«

»Ich will gar nicht mehr wissen. Das reicht mir schon«, bemerkte ich nur.

»Aber ich. Läuft das wirklich so ab wie in *Grey's Anatomy?* Jeder mit jedem und immer im Bereitschaftsraum? Gibt es viele heiße Ärzte bei euch? Ist es sehr prickelnd, dort Sex zu haben, mit dem Bewusstsein, jederzeit erwischt zu werden? Ich will alles wissen.« Erik beugte sich vor und Christian lachte laut auf.

»Du hast dir da einen sehr neugierigen Streuner angelacht. Also, es ist schon so, dass manchmal ...«

Ich schüttelte den Kopf, nicht fassend, dass mein Nicht-Freund und ein guter Freund hier darüber sprachen, wie das Sexleben in einem Krankenhaus ablief. Deswegen beschloss ich, nach den Chicken Wings im Ofen zu sehen. Ich war wieder einmal mit der Situation überfordert. Auf der einen Seite Erik, den ich nicht wollte, mich trotzdem langsam öffnete, und auf der anderen Christian, der als einziger alles von mir wusste.

In der Küche rückte ich einen Stuhl vor den Ofen und starrte hinein. Ich hörte die Stimmen aus dem Wohnzimmer, konnte aber keine Worte ausmachen.

»Starrst du die Chicken Wings gar?«, holte mich Christian aus meinen Gedanken. Ich blickte zu ihm auf. Er lehnte am Türrahmen und beobachtete mich.

»Du hast ihn noch nicht vergrault«, stellte er fest. Ich nickte ihm zu.

»Keine Ahnung, warum. Ich war echt hässlich zu ihm. Habe ihm immer wieder gesagt, dass ich ihn nicht mehr sehen will.«

»Wenn du das tatsächlich gewollt hättest, wäre er nicht mehr hier. Und du würdest nicht mit ihm schlafen«, konterte Christian.

Wie recht er doch hatte. Die Einladung zum Frühstück wäre nie gefallen. Ich ließ meinen Kopf auf meine abgestützten Hände sinken und vergrub ihn darin.

Ich hörte Christians Schritte auf dem Küchenboden, als er zu mir trat. Er kniete sich zu mir herunter und legte eine Hand auf meine Schulter. Langsam drehte ich mein Gesicht zu ihm, sodass ich ihn wieder ansehen konnte. Er hatte seinen typischen ›Sprich mit mir‹-Blick aufgesetzt, dem ich nie widerstehen konnte.

»Er geht mir unter die Haut. Irgendetwas hat er an sich ... Ich erkenne mich ja selbst nicht wieder«, flüsterte ich und sah an Christian vorbei in Richtung Küchentür. Vergewisserte mich, dass Erik nicht inzwischen dort stand.

Christian schmunzelte mich wissend an. »Freust du dich, wenn er kommt? Spürst du ein Flattern in deinem Magen, wenn du an ihn denkst oder ihn siehst? Denkst du ununterbrochen an ihn?«, zählte er auf.

Ich nickte und verzog leidend mein Gesicht.

»Tja, mein Lieber, die Diagnose lautet Verliebtheit. Du solltest akzeptieren, dass selbst du nicht gefeit davor bist.« Er grinste mich frech an.

Ich runzelte die Stirn. Na toll, als ob ich nicht schon von alleine darauf gekommen wäre. Aber es erstmalig laut ausgesprochen zu hören, machte es auf einmal greifbar und echt. So sehr ich Eriks Gesellschaft, sein Kümmern um mich genoss, durchflutete mich jedes Mal Angst bei dem Gedanken. Wie würde ich damit umgehen, wenn ich Erik irgendwann zur Last wurde und er sich von mir abwandte?

»Weiß er, was damals passiert ist und warum du nicht mehr unter Menschen gehst?«, fragte Christian jetzt ernst. Ich schüttelte den Kopf.

»Du solltest es ihm erzählen. Es wird der Punkt kommen, an dem er mehr möchte, als nur mit dir hier zu Hause rumzuhängen«, redete er mir ins Gewissen.

»Glaubst du nicht, dass ich das weiß?« Ich verbarg mein Gesicht in meinen Händen, die Ellbogen auf den Knien abgestützt. »Es ist nur ... Ich habe ewig nicht mehr daran gedacht, erst wieder seit Erik da ist. Hatte beinahe Panikattacken. Durch ihn komme ich an meine Grenzen, dabei hatte ich mich so bequem in meinem Leben eingerichtet.«

Christian strich mir beruhigend über den Rücken und ich nahm die Hände wieder herunter. »Du solltest ernsthaft über eine Therapie nachdenken. Nicht nur wegen Erik, sondern auch, weil es dir Lebensqualität gibt, die du dir jahrelang versagt hast und noch immer nicht gönnst.«

»Können wir das Gespräch wann anders ...«

»Was ist denn hier los? Küchen-Sub-Party? Das sind die besten«, unterbrach Erik uns fröhlich und betrat die Küche.

Ich zuckte erschrocken zusammen. Sofort fragte ich mich, wie viel er von unserer Unterhaltung mitbekommen hatte. Christian erhob sich.

»Sagt mal, riecht ihr das nicht? Die Chicken Wings sind garantiert durch.« Erik beugte sich zum Ofen hinunter.

Weder Christian noch ich hatten uns während des Gesprächs um das Essen gekümmert, aber jetzt, wo Erik es ansprach, stieg mir der verbrannte Geruch in die Nase. Er eilte an uns vorbei und stellte den Ofen aus, öffnete ihn und Christian zog, mit einem Trockentuch bewaffnet, das Blech heraus.

»Na, ich würde behaupten, die sind kross«, kommentierte

Christian trocken die schwärzlich angelaufenen Hähnchenflügel und grinste uns an.

Erik durchsuchte die Schränke nach einer Schale, in die er die Flügel legen konnte.

»Was ist, wollen wir jetzt essen und den Film gucken?«, drängelte er, schnappte sich die Schüssel und eilte voraus.

Ich folgte Christian, der mich im Flur aufhielt.

»Das Gespräch ist noch nicht beendet«, prophezeite er mir und ich seufzte. Er meinte solche Dinge immer ernst.

Glücklicherweise war jetzt keine Zeit mehr für tiefgründige Gespräche, denn endlich starteten wir den Film und aßen dabei.

Wir hielten bis zur Mitte des zweiten Teils durch. Dann verabschiedete sich Christian und Erik und ich verkrochen uns ins Bett.

Es fühlte sich bereits so normal an, dass er bei mir übernachtete. Er fragte nicht einmal, sondern ging einfach davon aus. Eine ganz neue Erfahrung. Eine, mit der ich erst lernen musste umzugehen, dachte ich und schlief über meinen Überlegungen ein.

~

Am nächsten Tag erwachte ich gegen Mittag. Wieder umschlangen mich Eriks Arme, wie so häufig in letzter Zeit, wenn er noch schlief. Sachte streichelte ich mit meinem Daumen über seinen Arm. Traute mich allerdings nicht, mich umzudrehen. Ich wollte ihn nicht wecken. Mein Blick fixierte einen Fussel auf dem Bettlaken. Langsam gewöhnte ich mich daran, neben Erik aufzuwachen. Es wurde zu etwas Vertrautem und das wiederum machte mir Angst.

Durch die Jalousien schien die Mittagssonne, die einen

schönen Tag verkündete. Ich dachte über Christians Worte nach. Unzählige Male hatten wir in den letzten Jahren das Therapiegespräch geführt. Jedes Mal hatte ich es abgelehnt, weil ich alles unter Kontrolle hatte.

Wie weit wollte ich mit Erik gehen? Vielleicht sollte ich es endgültig beenden und mein gewohntes Leben wieder aufnehmen. Das würde die Frage nach einer Therapie erübrigen. Wieso war da überhaupt eine Sperre in mir? Viele begaben sich in Therapie, es war nichts Ungewöhnliches mehr in der heutigen Zeit. Hatte ich Angst davor, wieder in ein ›normales‹ Leben zurückzukehren?

Die Fragen türmten sich in meinem Kopf und ich hatte keine Antworten darauf.

Auf der einen Seite genoss ich die Momente mit Erik. Es war etwas Neues, das ich nicht kannte. Aber es flößte mir so unsagbare Angst ein. Ich vertraute ihm nicht. Ich konnte nicht glauben, dass er wirklich an mir interessiert war. Irgendwo im Hinterkopf war noch diese kleine Stimme: Er lässt dich wieder fallen.

Wie hatte mein Leben innerhalb weniger Tage völlig aus dem Ruder laufen können?

Leise seufzte ich auf und befreite mich aus seinen Armen. Sollte er ruhig noch etwas schlafen. Vielleicht konnte ich ein paar Worte zu Papier bringen. Mein Verleger lag mir seit Tagen in den Ohren, dass ich endlich fertig werden sollte.

Ich schlappte in die Küche, kochte mir Kaffee und ging dann mit der Kanne und einer Tasse ins Büro. Nachdem ich den Laptop aufgeklappt hatte, las ich mir die letzten Sätze durch, trank einen Schluck und überlegte, wie ich weitermachen sollte. Es fehlten nur noch vier Kapitel und die Überarbeitung.

Aber meine Gedanken waren bei Erik, Christian und dem Gespräch. Es ließ mich nicht los.

Einem spontanen Einfall folgend, öffnete ich ein neues Dokument und begann zu schreiben. Ich achtete nicht darauf, was ich schrieb, sondern brachte meine Gedanken zu Papier. Mit jedem Wort, jedem Satz spürte ich, wie sich einiges in meinem Kopf zurechtrückte, klarer wurde. Ich sollte nachher unbedingt eine Runde laufen gehen, das würde den Rest dieses Chaos' beseitigen.

Nach einer Weile konnte ich mich dem Manuskript zuwenden und dort weiterschreiben, in meiner Geschichte versinken.

Ein Kuss auf den Hinterkopf holte mich wieder ins Hier und Jetzt zurück. Mittlerweile hatte ich mich daran gewöhnt und geriet nicht sofort in Panik. Mein Bewusstsein hatte gespeichert, dass es nur Erik sein konnte, der mich in meinem Zuhause störte.

»Guten Morgen, Stoffel. Wie lange schreibst du schon?«, fragte Erik.

Ich schaute auf die Uhr. »Drei Stunden«, antwortete ich kurz angebunden und schrieb weiter. Es war der denkbar schlechteste Zeitpunkt, mich zu unterbrechen. Der Kommissar war gerade dabei, den Fall zu lösen, und ich war mitten in einem Dialog. Erik schien es zu spüren, denn er zog sich zurück.

Kurze Zeit später platzte er erneut in meinen Schreibfluss. »Ich fahre kurz nach Hause und komme heute Abend wieder. Dann können wir weiterschauen.«

»Mh«, brachte ich hervor und schrieb weiter. Er gab mir einen Kuss auf die Wange und verschwand. Ich bekam es nur am Rande mit, so sehr war ich in meine Geschichte vertieft.

～

8

» W as hältst du davon, wenn wir Freitag essen gehen?«
Heute war Mittwoch und wir saßen wieder auf
meiner Couch, aßen bestelltes Essen und schauten einen
Film. Was sprach dagegen, es am Freitagabend genauso zu
halten?

Erik behelligte mich seit Sonntagabend mit dem Vorschlag,
als wir mit dem dritten *Herr der Ringe* begonnen hatten und
ich beharrlich bei meinem Nein blieb. Aber er ließ nicht locker
und kochte mich langsam weich. Das war seine Spezialität.
Ich fand es nicht einmal nervig. Im Gegenteil, ich fühlte mich
geschmeichelt davon. Er hatte keine Ahnung, welche Wirkung
er auf mich ausübte.

Ich konnte mich immer noch nicht dazu durchringen, ihn
aus meinem Leben zu schmeißen. Zum ersten Mal fühlte ich
mich begehrt, hatte das Gefühl, für jemanden wichtig zu sein.
Obwohl ich Angst davor hatte, fallengelassen zu werden, genoss
ich es. Doch wenn ich jetzt mit ihm essen gehen würde, wäre
es offiziell. Etwas, das ich nicht mehr verstecken konnte. So
fühlte es sich für mich an.

»Nein, ich will nicht«, antwortete ich ihm, allerdings nicht
mehr so energisch wie die Male zuvor.

»Wirklich nicht? Du isst doch gerne Chinesisch. Soll ich uns
einen Tisch dort reservieren? Oder möchtest du lieber etwas
anderes? Ich habe gehört, die neue Tapas-Bar soll lecker sein«,
stellte er mein Nein infrage.

»Erik, hast du mir zugehört?«, fragte ich deswegen, wie fast jedes Mal, wenn er das machte.

»Ich höre dir immer zu. Also, wo möchtest du hin?« Er wartete meine Antwort nicht ab, sondern plapperte weiter. »Findest du nicht auch, dass Nick Robinson gut ausschaut? Er ist vielleicht etwas zu jung, aber trotzdem ein Augenschmaus, oder?«

Wir schauten *Love, Simon.*

»Ich finde den Bram-Schauspieler besser«, antwortete ich ihm mechanisch, schlug mir eine Hand vor den Mund und schalt mich direkt in Gedanken, da ich wieder auf sein Spielchen eingegangen war und ein Detail von mir preisgab. Wie schaffte er das nur? Ich verkniff mir ein Lächeln. Er musste nicht wissen, dass es mir gefiel.

»Wirklich? Er ist ja ganz süß, aber den Nick finde ich besser. Also Stoffel, reserviere ich jetzt einen Tisch, und wo?«

Ich ließ mich gegen die Rückenlehne des Sofas fallen und schloss die Augen. Wie konnte jemand so hartnäckig sein? Ich atmete tief ein.

»Im Brauhaus«, gab ich mich geschlagen. Erik beugte sich zu mir herüber, gab mir einen Kuss und lächelte.

»Hier um die Ecke. Dann können wir zu Fuß laufen. Schön.«

Wie schaffte er es nur immer wieder, meine Hürden zu überspringen?

~

Da saßen wir nun und ich hatte keine Ahnung, wie das hatte geschehen können. In Gedanken bezeichnete ich es als mein erstes richtiges Erwachsenen-Date. Genau das Gegenteil von dem, was ich wollte.

Im Brauhaus war viel los, trotzdem nahm sich Hans die Zeit, mich als Stammgast extra zu begrüßen. Aus den Augenwinkeln bekam ich mit, wie Erik seine Augenbrauen neugierig hochzog, aber ansonsten still blieb. Von mir zu Hause war es ein zehn Minuten Fußweg und ich traf mich hier regelmäßig mit meinen Freunden.

Heute Abend war wie jeden Freitag viel los und normalerweise mied ich das Brauhaus an solch einem Tag. Aber ich wollte Erik eine Freude bereiten und nicht auch noch um den Tag feilschen. Volle Tage hatte ich hier mehrfach erlebt und wusste, was mich erwartete. Solange ich meinen Tisch bekam, der abseits der anderen in der hintersten Ecke stand, konnte ich damit umgehen.

Lautes Stimmengemurmel drang zu uns. Es roch nach Essen, und mein Magen knurrte.

Hans hatte ursprünglich einen anderen Tisch für uns vorgesehen, als er aber sah, dass ich zu der Reservierung gehörte, änderte er kurzerhand die Tischzuordnung und ich war ihm sehr dankbar dafür.

Kurz nachdem er uns platziert hatte, kam er mit einem Tablett und Bier wieder.

»Ich nehme an, du nimmst wie immer eines. Deine Begleitung auch? Ansonsten hole ich etwas anderes.« Er stellte mir bereits das Glas hin und blickte fragend zu Erik. Mir entging nicht, dass er ihn musterte und zwischen uns hin- und herblickte.

»Klar nehme ich eines.«

»Dann schaut in Ruhe, was ihr essen wollt. Ich komme gleich wieder. Empfehlen kann ich euch die Schweinshaxe.«

Ich lachte laut auf. »Das kannst du immer.«

Er stimmte mit ein und wandte sich anderen Gästen zu.

»Gehst du auch noch woandershin? Ich habe den Eindruck, dies ist dein geheimer Zweitwohnsitz. Jeder Kellner grüßt dich und die Tischordnung wird mir nichts dir nichts für dich geändert«, bemerkte Erik beeindruckt.

»Ich komme nur hierher. Entweder koche ich zu Hause, bestelle beim Lieferservice oder bin hier. Aber nur mit Freunden. Nie alleine.«

Erik schaute mich mit großen Augen an, fehlte nur noch, dass sein Mund offenstand. Es passierte selten bis gar nicht, dass ich ihn sprachlos erlebte.

»Was? Es müsste dir bereits aufgefallen sein, dass ich nicht der menschenfreundlichste Typ bin.«

Was hatte er denn gedacht? Ich ging nicht ins Kino, Theater oder sonst wohin. Wie kam er da auf die Idee, ich würde in verschiedene Restaurants gehen? Musste er mich nicht in den letzten Wochen zumindest soweit kennengelernt haben?

»Das ist mir aufgefallen, aber mir war nicht klar, wie weit das reicht. Fährst du nie in den Urlaub oder mal für ein Wochenende weg? Bist du nur zu Hause?«

Sogar seinem Tonfall konnte ich den Unglauben anhören. Ich griff nach der Speisekarte und hielt sie ihm hin.

»Hier, such dir was zu essen aus.« Erik nahm sie mir ab und legte sie beiseite. Dabei ließ er mich keine Sekunde aus den Augen.

»Ich nehme die Schweinshaxe. Also, was ist mit Urlaub?«, bohrte er weiter nach. Ich seufzte auf. Man konnte ihn nicht aus dem Konzept bringen. Meistens fand ich es gut, aber in diesem Fall hätte ich es vorgezogen, dass er sich ablenken ließ. Ich rechnete kurz nach.

»Das letzte Mal war ich mit meinen Eltern vor keine Ahnung, so zwanzig Jahren im Urlaub.«

»Das ist ein ganz großer Scherz, oder? Du willst mich veräppeln. Du warst zwanzig Jahre nicht im Urlaub?« Er schrie beinahe, aus seinen Augen blitzte purer Zweifel und er setzte sich aufrecht hin.

»Kannst du bitte leiser reden?«, bat ich ihn und beugte mich, soweit der Tisch es zuließ, zu ihm.

»Aber was machst du ...«, weiter sprach er nicht, da Hans zu uns an den Tisch trat.

»Zweimal die Schweinshaxe, bitte«, kam ich ihm zuvor. Er tippte es in seinen Orderman ein, lächelte uns noch einmal zu und verschwand wieder.

»Was machst du, wenn du Urlaub brauchst? Fährst du wirklich nie weg?« Erik glaubte mir nicht. Ich zuckte mit den Schultern.

»Ich habe einen Garten. In den Wochen, in denen ich nicht schreibe, nutze ich den als Erholungsort. Das funktioniert gut. Ich muss nicht weg. Außerdem gibt es hier einen See in der Nähe, in dem ich während des Tages schwimmen kann und fast alleine bin. Ist doch wie Urlaub.«

Erik starrte mich nur an. Nun war er endgültig verstummt. Mehrere Minuten.

»Was zum Teufel ist dir passiert?«, fragte er nach einer Weile, in der ich anfing, mich unwohl zu fühlen. Nun beugte er sich vor, seine Hände lagen flach vor ihm. Ich überlegte bereits, ob er mich jetzt fallenlassen würde, und blickte auf den Tisch. Meine Hände begannen zu schwitzen und ich wischte sie unauffällig an meiner Hose trocken, nur um dann nach meinem Glas zu greifen. Diese Frage stellte er mir zum ersten Mal, seit ich ihn kannte.

Bisher hatte er es immer vermieden. Vielleicht hatte er darauf gehofft, dass ich mich ihm mit der Zeit öffnen würde. Aber wie konnte ich mit ihm reden, wenn ich es nicht einmal mit meinen Freunden tat? Im Vergleich zu ihnen kannte ich Erik erst seit fünf Minuten.

Ich blickte auf meine Hände, die das Glas hielten, und trank einen Schluck. Ihn ignorierend sah ich zu einem älteren Paar, das zwei Tische weiter saß.

Sie aßen schweigend, jeder schaute nur auf seinen Teller. Es wurden keine Blicke ausgetauscht oder miteinander gesprochen. Es hatte den Anschein, als ob sie alleine dasaßen.

»Schau mal, die beiden da drüben haben sich nichts mehr zu sagen. Sie sitzen sich nur noch gegenüber.« Ich deutete mit dem Kopf auf das Paar. Erik drehte sich leicht, um sie ebenfalls sehen zu können.

»So möchte ich nicht enden. Ist doch traurig, wenn man sich nichts mehr zu sagen hat, oder?«, fragte er mich.

Er hatte recht, doch wusste ich bereits, dass ich nie so weit kommen würde, mich mit jemandem anschweigen zu können. Ich würde auf ewig alleine bleiben. Ich hatte mich vor langer Zeit damit abgefunden, trotzdem fuhr ein Stich durch mein Herz. Mein Blick glitt wieder zu Erik.

Obwohl ... Ich hatte zurzeit das Gefühl, in eine Beziehung zu schlittern, die ich überhaupt nicht wollte. Keine Ahnung, wie mir das passieren konnte. Doch wenn ich daran dachte, dass Erik so mir nichts, dir nichts aus meinem Leben wieder verschwinden würde, drehte sich mir der Magen um.

Fingerschnippen holte mich aus meinen Gedanken zurück.

»Hey, wo warst du denn?«, fragte Erik.

»Egal, nicht wichtig«, wehrte ich ihn ab. Wenn er gewusst hätte, worüber ich nachgedacht hatte, würde er aus dem Grinsen nicht mehr herauskommen.

»Was hältst du davon, mal für ein Wochenende zusammen

wegzufahren?«, schlug er vor. »Muss auch nicht weit sein und wir suchen uns ein Hotel oder eine Ferienwohnung mitten im Nirgendwo. Dann sind da kaum Menschen.«

Manchmal war er schon süß, wenn er solche Vorschläge machte. Ich freute mich jedes Mal darüber und lächelte ihn an. Aber ich war nicht bereit dafür. Die Angst vor dem Unbekannten, vor dem, was mir dort passieren könnte, war zu übermächtig. Allein beim Gedanken daran bäumte sich alles in mir auf. Ich setzte mich aufrecht hin und legte die Hände auf meinen Oberschenkeln ab und rieb den Stoff meiner Jeans gerade.

»Nein, ich denke nicht, dass wir das machen. Du kannst selbstverständlich fahren und wenn du jemanden mitnehmen möchtest, nur zu. Ich habe ja keine Exklusivrechte an dir, aber ich werde nicht mitkommen.«

Am Nebentisch sah ich, wie der ältere Herr sich erhob und verschwand. Wahrscheinlich suchte er die Toilette auf.

»Es gibt da eine Ferienwohnanlage, die ist eine Stunde von hier entfernt an einem See. Die Häuser stehen nicht dicht an dicht und sie haben ein Restaurant mit Lieferservice oder Takeaway. Was sagst du? Wir müssen auch nicht mehr dieses Jahr fahren. Irgendwann, wie du möchtest.«

»Hast du dir eigentlich mal überlegt, mir zuzuhören? Meine Einwände nicht zu übergehen? Das ist absolut respektlos von dir«, warf ich ihm sauer entgegen. Mein Blick fiel wieder auf den Nebentisch, wo die Frau noch immer alleine war. Sofort wurde ich ruhiger. Welche Probleme hatten sie als Paar wohl durchstehen müssen? Hatten sie dazu geführt, dass sie sich heutzutage sprachlos gegenübersaßen?

»Ich höre dir zu.« Eriks sanfter Tonfall holte mich wieder zu ihm zurück. »Jedes Mal. Und ich respektiere dich. Wenn du nicht fahren willst, fahren wir nicht. Wenn du nicht über dich reden willst, dann lass es. Aber wenn du mich wirklich nicht in deinem Leben haben wolltest, hättest du mich neulich nicht angeschrieben. Ich werde dir weiterhin von mir erzählen und dir Fragen stellen, weil du mir wichtig bist. Und ich hoffe, es wird einmal der Tag kommen, an dem du mir vertraust. Ich zwinge dich zu nichts und würde ich dich nicht respektieren, säßen wir jetzt nicht hier, sondern woanders«, antwortete er mir ruhig und griff nach meiner Hand.

Am Nebentisch kam der ältere Herr gerade zurück und blieb bei seiner Frau stehen. Ich beobachtete die beiden und Erik folgte meinem Blick. Der Mann legte seine Hand auf ihrer Schulter ab und verharrte dort einen Moment. Sie bedeckte seine Hand mit ihrer. Sie schauten sich nicht an und doch lag auf ihren Gesichtern ein Lächeln. Es war nur ein kurzer Augenblick, keine Minute, die die beiden so innehielten, trotzdem lag in dieser Geste eine Intimität und Vertrautheit, wie es Worte nie schaffen konnten.

Wir hatten uns geirrt. Sie brauchten keine Worte mehr, um miteinander zu reden. Sie kannten sich so gut, dass eine Geste ein ganzes Gespräch ersetzte.

Hans näherte sich mit dem Essen, verdeckte den Blick auf das ältere Ehepaar, als er es vor uns abstellte. Dann wünschte er uns einen guten Appetit und verschwand wieder.

Wir aßen schweigend, jeder in seinen Gedanken versunken. Mir ging das ältere Ehepaar nicht aus dem Kopf und immer wieder sah ich zu ihnen. Dazu hallte zusätzlich Christians Stimme in meinem Kopf wider.

Sie wiederholte ständig: »Irgendwann wird er mehr wollen, als nur hier zu hocken.«

War es jetzt soweit? Ich aß mechanisch, nahm nicht mal

den Geschmack der wahrscheinlich wie immer guten Haxe wahr. Nach dem Essen schlug ich vor, nach Hause zu gehen, und Erik stimmte zu. Er war noch immer schweigsam, was ungewöhnlich für ihn war. Normalerweise war er nicht zu stoppen und plapperte wie ein Wasserfall.

Wahrscheinlich dachte er bereits darüber nach, wie er mir behutsam klarmachen konnte, dass doch nichts aus uns wurde, trotz seiner Beteuerung vorhin. Mir rutschte das Herz in die Hose und das, obwohl ich ihn doch eigentlich loswerden wollte.

~

Als wir zu Hause ankamen, hatte Erik immer noch kein Wort gesprochen und ich machte mir langsam Sorgen. Ob ich es nun wollte oder nicht, Angst breitete sich in mir aus. Zum ersten Mal hatte ich wahnsinnige Angst davor, von einem Menschen verlassen zu werden und nicht ihm zu begegnen. Dabei waren wir nicht einmal offiziell zusammen. Ich verstand mich nicht mehr, seit er in mein Leben getreten war. Vorher war alles so schön vorherschbar gewesen, nichts Unerwartetes, und jetzt spielte mein Körper verrückt, wenn ich nur an ihn dachte. Ich konnte nichts dagegen machen und ich war damit wie mit vielem in letzter Zeit heillos überfordert.

»Du bist so wortkarg«, durchbrach ich die Stille. Wir hatten uns ins Wohnzimmer auf die Couch gesetzt, da Erik sie sofort angesteuert hatte. Er hatte keinen Film herausgesucht, den Fernseher nicht angestellt. Die Angst wuchs weiter und ich war kurz davor, ihn rauszuschmeißen und mich in eine Ecke zu verkriechen. Ich hatte zugelassen, ihn an mich heranzulassen, und jetzt war es soweit, ich wurde fallengelassen. Genau das, was ich hatte verhindern wollen.

»Ich überlege, wie ich dir helfen kann. Ich mag dich, aber …«, er stoppte.

»… du willst dich nicht mehr mit mir treffen«, beendete ich seinen Satz. Ein Kloß breitete sich in meinem Hals aus und meine Augen bewegten sich unruhig hin und her. Fahrig strich ich mit meinen Händen über meine Oberschenkel und zog die Hosenbeine glatt, was sie längst waren. Erik blickte mich direkt an und küsste mich. Langsam, behutsam und trotzdem intensiv.

»Nein, ich will dich immer noch kennenlernen. Erinnerst du dich an das ältere Paar neben uns? Genau das möchte ich auch mal haben. Vielleicht sogar eine richtige Familie.« Er lehnte sich im Sofa zurück und starrte an die Decke.

Ich atmete ein. Irgendwann hatte ich vergessen, zu atmen und es nicht mitbekommen. Der Kloß löste sich, ich hatte eine Schonfrist bekommen. Wann hatte ich eigentlich angefangen, ihn nicht mehr verdammen zu wollen?

Er hatte dieselben Gedanken wie ich. Na gut, Familie kam nicht vor, sie war noch nie darin vorgekommen. Ich hatte es mir nicht vorstellen können. Vor allem, nachdem ich den Unfall gehabt hatte.

～

9

Wir saßen in der Küche und frühstückten. Erik war heute Morgen wieder der Alte. Nichts war mehr von dem stillen und schweigsamen Erik von gestern Abend vorhanden. Im Gegensatz zu mir hatte er die Nacht geschlafen. Ich hatte mich die ganze Zeit hin und her gewälzt, ihm beim Schlafen zugesehen und über seine Worte und das Ehepaar nachgedacht.

Ich musste eine endgültige Entscheidung treffen. Entweder schob ich meine Ängste beiseite, was nicht leicht werden würde, und sprang ins kalte Wasser, oder ich beendete das mit Erik. Wie ich mich ihm gegenüber verhielt, war nicht fair. Einen Schritt auf ihn zugehen und drei zurück. Das würde er sicher auch nicht mehr lange mitmachen und dann würde ich zulassen, dass er mich verletzte.

»Okay, lass es uns versuchen. Ich kann dir nichts versprechen, aber … Keine Ahnung, wie du es geschafft hast, doch ich will dich bei mir haben«, unterbrach ich seinen Redeschwall, der davon handelte, wie er sich um eine Krankenversicherung kümmerte, sein Gewerbe anmeldete und all solche Dinge, wenn man sich selbstständig machte. Ich hörte ihm nicht einmal richtig zu, so sehr hatte ich an den Worten geknabbert, die nun meinen Mund verlassen hatten.

Was ich verschwieg, war meine unbändige Angst, am Ende alleine mit einem gebrochenen Herzen dazusitzen. Ich war mir sogar sicher, dass er mich eines Tages verließ und jemand Besseren fand.

»Im Ernst? Du verarschst mich jetzt auch nicht?«, rief er mit großen Augen aus und sah mich an. Das zweite Mal in kurzer Zeit, dass ich ihn sprachlos sah.

Ich nickte. Sofort sprang er auf, kam zu mir herübergelaufen und umarmte mich.

»Du solltest mich am Leben lassen«, bat ich ihn, umschlang aber seinen Oberkörper mit meinem Arm, so gut es ging und er ließ mich los. Dann küsste er mich wieder und wieder. Er strahlte und ich schüttelte lächelnd den Kopf.

»Was hältst du davon, wenn wir heute Abend zur Feier des Tages ins Kino gehen?«, fragte er mich mit glänzenden Augen.

Ich atmete tief ein. Kino. Dann schluckte ich. Mein Unfall war direkt nach *Herr der Ringe* passiert. Das würde ich schaffen, es war lange her. Außerdem war es nichts anderes als Essen oder Einkaufen. Man setzte sich ins Auto, fuhr dahin, kaufte Kinokarten, Snacks und etwas zu trinken, und schaute den Film. Ganz einfach. Aber heute war Samstag. Viele Menschen da. Garantiert.

Erik hatte sich neben mich gekniet und seine Hände lagen auf meinen Oberschenkeln. Automatisch legte ich meine auf seine und spielte mit seinen Fingern. Statt ihn anzuschauen, blickte ich auf unsere Hände, spürte aber seinen Blick auf mir.

»Wie wäre es mit Montag?«, schlug ich leise vor und er nickte sofort.

»Montag klingt perfekt.« Er setzte sich wieder und wir frühstückten zu Ende.

Erik freute sich so sehr, dass er mich am liebsten am Abend seinen Freunden vorgestellt hätte, aber das war mir zu früh, zu schnell. Ich musste mich erst an den Gedanken gewöhnen, einen Freund zu haben. Erik plapperte fröhlich weiter, aber ich bekam kein Wort mit, war mit mir beschäftigt. Spielte mit meiner Tasse und dachte nicht mehr an mein fast aufgegessenes Brötchen, das darauf wartete, endgültig verspeist zu werden.

Garantiert merkte Erik, dass ich nicht bei ihm war, aber wie so oft, ließ er mich in meiner Welt in diesen Momenten, und dafür war ich ihm dankbar.

Am späten Nachmittag, Erik war gegangen, war ich eine Runde laufen. Als ich unter der Dusche stand und das heiße Wasser über mich lief, ließ ich meine Gedanken wandern. Hier hatte ich meistens die besten Ideen.

Doch dieses Mal blieben sie aus. Dabei musste ich unbedingt einen neuen Roman beginnen. Gestern Nachmittag hatte ich das letzte Kapitel geschrieben und überarbeitet.

Stattdessen überlegte ich, Christian anzurufen und mit ihm über die neusten Entwicklungen in meinem Leben zu sprechen. Entwicklungen, wie wissenschaftlich.

Nachdem ich fertig geduscht hatte und wieder angezogen war, rief ich als erstes Christian an, um ihn für heute Abend einzuladen.

Ich hatte Glück, denn er hatte seinen freien Tag. Mit chinesischem Essen und einem Rotwein kam er bei mir an.

»Ich habe einen Freund und kann nicht damit umgehen«, begrüßte ich ihn direkt an der Tür, bevor er ein Wort sagen konnte.

»Okay.« Er zog das Wort in die Länge. »Lässt du mich erst

mal rein?«, bat er und ich trat beiseite. Mein Herz klopfte mir bis zum Hals, als ich die Worte das erste Mal laut ausgesprochen von mir selbst hörte. Ich musste endlich darüber reden.

Sofort steuerte Christian das Wohnzimmer an, setzte sich auf seinen Platz, den Sessel, und packte in aller Seelenruhe das Essen aus. Ich blieb in der Tür stehen.

»Hast du gehört, was ich sagte? Ich. Habe. Einen. Freund.«

»Ich habe unsere Sprache nicht verlernt. Jetzt setz dich hin und iss etwas. Aber vorher holst du Weingläser«, beruhigte er mich.

Als ich endlich bei ihm war, hatte Christian alle Kartons offen auf dem Tisch stehen und gab mir Stäbchen.

»Okay, jetzt bin ich bereit für dich. Fang an«, forderte er mich auf und schenkte uns Wein ein. Ich wusste, dass er es hasste, an der Tür überfallen zu werden. Nur heute konnte ich nicht anders. Ich starrte das Essen an, konnte mich aber nicht dazu durchringen, etwas zu nehmen.

»Ich weiß nicht, was mich geritten hat. Keine Ahnung, warum ich mich auf diesen Menschen einlasse. Was ist, wenn er entdeckt, dass ich nicht der bin, den er zu kennen glaubt? Und er hat vorgeschlagen, mit mir in den Urlaub zu fahren oder für den Anfang nur einen Wochenend-Trip zu machen und am Montag gehen wir ins Kino und ich weiß nicht ...«, sprudelte es aus mir heraus und ich schaute ihn am Ende hilflos an.

»Ich freue mich sehr für dich. Du hast es wirklich verdient.« Christian hielt kurz inne, um einen Schluck aus seinem Weinglas zu nehmen, bevor er weitersprach. »Erstens: Bist du bei ihm anders als bei mir? Kann ich mir nicht vorstellen. Ich glaube, er weiß, worauf er sich einlässt. Wegen des Urlaubs kann ich dir nur immer wieder sagen: Hol dir Hilfe. Das wird nicht in ein paar Stunden gegessen sein, so tief, wie deine Angst sitzt, doch es wird besser.« Er sah mich einen Augenblick an. »Könntest du mich aufklären, wie das jetzt kam?«

Also erzählte ich ihm von gestern und heute.

»Kino«, murmelte er mit vollem Mund.

»Findest du es etwa eine schlechte Idee?«, fragte ich ihn sofort ängstlich. Ich hätte Erik nicht zusagen sollen. Es lag mir seit heute Morgen im Magen, wenn ich daran dachte. Also versuchte ich, es zu verdrängen, und lenkte mich mit anderen Dingen ab. Doch jetzt kam alles wieder hoch. Ich spielte mit den Stäbchen, essen konnte ich nichts.

»Nein, das habe ich nicht gesagt. Ich finde, du solltest es versuchen, jedoch nichts übers Knie brechen. Und auf die Gefahr hin, mich zu wiederholen: Rede mit ihm. Es ist höchste Zeit!« Christian sah mich eindringlich an, während seine Hand mit dem Essen zwischen seinen Stäbchen kurz in der Luft verweilte und er es sich dann in den Mund schob.

Ich seufzte. Erik wusste Bescheid, nur nicht, was genau mir passiert war.

»Dann sag ich den Besuch ab«, nahm ich seine Bemerkung dankbar auf.

»Das habe ich nicht gesagt, nur dass du es langsam angehen solltest.«

Wir aßen und sprachen eine Weile nichts. Ich hing meinen Gedanken nach. Christian war das gewohnt. Statt mir ein Gespräch aufzuzwingen, griff er nach der Fernbedienung und zappte durch das Fernsehprogramm.

»Wie läuft's mit deinem Arzt?«, brach ich nach einer Weile die Stille und lenkte bewusst von mir ab. Er sprang darauf an und erzählte begeistert von seinen vier Dates mit dem Chirurgen.

Später am Abend stand Erik überraschend vor der Tür. Eigentlich wollte er zu Hause übernachten, da er nicht sicher war, wie lange der Abend mit seinen Freunden, er war zu einem Geburtstag eingeladen, laufen würde und mich nicht unnötig stören wollte.

»Was machst du denn hier?«, fragte ich völlig überrumpelt, als ich ihm die Tür öffnete.

»Na, das ist mal eine Begrüßung«, erwiderte er und küsste mich. Dann trat er ein und ließ eine kleine Tasche auf den Boden fallen.

»Ich wollte dich sehen und habe es auf dem Geburtstag nicht mehr ausgehalten.«

»Komm rein, Christian ist da.«

»Ah, du hast mit ihm die wichtigen Neuigkeiten besprochen.« Er grinste mich an und schob sich an mir vorbei. »Hallo«, rief er und wandte sich zum Wohnzimmer.

»Hey«, hörte ich Christian zurückrufen und folgte Erik. Der Tasche auf dem Boden warf ich aber einen misstrauischen Blick zu.

Im Fernseher flimmerte eine Quizshow, als ich zu den beiden stieß.

»Tja, dann werde ich mal gehen und dem jungen Glück nicht im Wege stehen«, meinte Christian süffisant und erhob sich.

»Quatsch, bleib sitzen, ich will wissen, was aus deinem Chirurgen geworden ist«, entgegnete Erik und griff nach meinem Weinglas. Christian blinzelte mich amüsiert an und sank zurück in den Sessel.

Sofort begann die Schwärmerei von vorne und da ich bereits alles kannte, besorgte ich ein Extraglas für Erik.

Als Christian fertig war, erhob er sich abermals und verabschiedete sich. Ich geleitete ihn bis zur Tür. Er drückte mich kurz zum Abschied und ich schloss die Tür hinter ihm. Vor Eriks Tasche im Flur blieb ich stehen und fixierte sie weiterhin misstrauisch mit meinem Blick. Sie fühlte sich wie ein Fremdkörper an, der unbedingt weggeschafft werden musste.

»Sag mal, Erik, was ist das für eine Tasche, die du da mitgebracht hast?«, rief ich ihm ins Wohnzimmer zu. Die Frage brannte mir, seit er gekommen war, auf der Zunge.

»Ich habe Boxershorts und Socken zum Wechseln und bequeme Kleidung eingepackt. Dann muss ich nicht immer deine Sachen nehmen.«

»Wo willst du die hinlegen? In der Tasche lassen?« Definitiv Fremdkörper. War er sich sicher, dass nicht mehr drin war? Sie wirkte viel größer und voller.

»Du wirst bestimmt ein wenig Platz für die drei Klamotten haben«, meinte er wie selbstverständlich, als würde er nicht gerade den Grundstein legen, hier einzuziehen. Mittlerweile war er bei mir auf dem Flur angelangt, griff jetzt nach der Tasche und wandte sich Richtung Schlafzimmer.

Ich lief ihm hinterher. Mein Herz begann zu hämmern und mein Puls stieg schlagartig an.

»Aber ich habe keinen Platz. Wieso reichen dir meine Sachen nicht mehr?«

Er zog bei meiner Kommode jede Schublade auf und linste hinein. Bei der Sockenschublade schob er kurzerhand die Socken alle auf eine Hälfte, öffnete seine Tasche und räumte die Wechselklamotten ein. Fassungslos beobachtete ich ihn, konnte mich nicht bewegen.

Er konnte doch nicht seine Sachen bei meinen mit reinpacken.

»Also ich finde, hier ist genügend Platz. Passt perfekt.«

Endlich erwachte ich aus meiner Starre, trat an die Schublade und holte die Klamotten wieder heraus.

»Das ... Das geht nicht ... Du kannst nicht, ich meine, das ist meine Wohnung.«

»Das wird sie auch bleiben. Ich möchte nur ein paar Sachen hier deponieren. Immerhin werden wir uns hauptsächlich hier aufhalten, oder? Ich nehme nicht an, dass wir in der nächsten Zeit viel bei mir sind.«

Er nahm sie mir wieder aus der Hand und verstaute sie erneut.

»Das will ich nicht«, wehrte ich mich und wurde wütend. »Du kannst nicht über meine Schubladen bestimmen.«

»Das will ich überhaupt nicht. Das sind nur fünf Boxershorts, einige Sockenpaare und eine bequeme Hose und Shirt. Das ist kein Drama«, wurde er auch laut.

»Doch, du hast mich nicht gefragt, sondern gemacht. Das finde ich nicht gut«, schrie ich ihn an. Wir standen uns gegenüber, er zwischen dem Bett und der Kommode und ich neben der Kommode.

»Komm mal runter, andere hatten damit keine Probleme. Aber bitteschön, dann frage ich dich ganz offiziell: Hast du etwas dagegen, wenn ich diese paar Sachen bei dir deponiere?«

»Ja, das habe ich.« Heute Morgen hatte ich nur zugestimmt, dass wir es versuchen würden, nicht mehr. Es war definitiv ernster, wenn Wechselklamotten ins Spiel kamen. Das hatte ich im Internet gelesen.

»Willst du nun eine Beziehung mit mir oder nicht? Solche Sachen gehören dazu!«, brüllte Erik und hatte den letzten Rest von Ruhe verloren. Unser zweiter Streit innerhalb der wenigen Wochen, in denen wir uns jetzt kannten. Vielleicht war es doch keine gute Idee gewesen, mich auf ihn einzulassen. Sollten die ersten Wochen nicht von irgend so einer rosaroten Brille geprägt sein?

»Ja, aber nicht so!«, rief ich.

»Wie denn? Hin und wieder sehen und das reicht? So funktioniert das nicht!«

»Ich weiß nicht, wie das geht, allerdings weiß ich, dass ich keine Sachen von dir in meiner Schublade will!« Mit der Hand deutete ich auf ebendiese mit seiner Kleidung darin.

Erik starrte mich wutentbrannt an. Seine Hände waren zu Fäusten geballt und sein gesamter Körper strahlte Anspannung aus. Dann griff er seine Klamotten aus der Schublade, schmiss sie in seine Tasche und im Rausstürmen schloss er den Reißverschluss.

Kurz darauf hörte ich, wie die Wohnungstür zuknallte, und ich zuckte bei dem Geräusch zusammen.

Ich ging zum Bett und setzte mich. Die Stille der Wohnung brannte in meinen Ohren. Gegenüber vom Bett war ein Spiegel, in dem ich mich betrachtete.

An den Schläfen entdeckte ich die ersten grauen Haare und Geheimratsecken machten sich breit. Wann hatte der Prozess eingesetzt?

Außerdem sah ich müde aus. War wahrscheinlich der Uhrzeit geschuldet, es war kurz vor Mitternacht, oder der Aufregung.

War das jetzt mein Alltag? Ich wusste, dass es kindisch von mir war, auf diese Weise zu reagieren, aber ich konnte nicht anders. Jahrelang hatte ich niemanden an mich herangelassen. Erik durchbrach meine Mauern in Rekordzeit und ich kam mit dem Verarbeitungsprozess nicht hinterher. Erik prasselte auf mich ein, seine Schnelligkeit, seine Fröhlichkeit. Das war ich nicht gewohnt.

»Ah, das kann nicht wahr sein!«, rief ich meinem Spiegelbild zu, ließ mich rückwärts aufs Bett fallen und starrte die Decke an.

~

Am nächsten Tag lief ich wie Falschgeld durch die Wohnung. Erik hatte sich seit unserem Streit gestern nicht mehr gemeldet. Ich traute mich nicht, ihn anzuschreiben. Immerhin war meine Sturheit der Grund für unsere Auseinandersetzung. Zudem war mir immer noch keine Idee für einen neuen Krimi gekommen.

Nach dem Mittagessen öffnete ich das Dokument mit meinen heruntergeschriebenen Gedanken und stellte beim Überfliegen fest, dass es der Anfang einer Geschichte war.

Meiner.

Kurz zögerte ich, doch dann schrieb ich weiter und die Worte flossen auf das Papier. Ich hatte bei meinem unfreiwilligen Outing in der Schule begonnen. Die meisten Schüler hatten mich seitdem ignoriert, einige Jungs klopften mir heimlich auf die Schulter, um mir im nächsten Moment zuzuzischen, dass ich die Klappe halten sollte, sonst würde es was setzen.

Hatte über meine erste Verliebtheit, die sich beschwingt anfühlte und bei der ich das Gefühl hatte, die Welt würde mir zu Füßen liegen, geschrieben. Meine tollen Freunde, die mich immer unterstützten. Bei meinem Unfall hatte ich aufgehört. Bis kurz vor dem Kinobesuch war ich gekommen. Dort nahm ich den Faden wieder auf.

Das Klingeln der Wohnungstür gefühlte Augenblicke später riss mich aus dem Schreiben. Ich zuckte zusammen. Gerade hatte ich die anstrengende Zeit im Krankenhaus beendet. Als ich auf die Uhr schaute, sah ich, dass es bereits halb sechs war.

Ich streckte mich auf dem Stuhl, als es ein zweites Mal durchdringend klingelte. Die Menschen hatten heutzutage keine Geduld mehr. Ich ließ mir Zeit, bis ich die Tür erreichte, durch den Spion lugte, tief einatmete und öffnete.

Vor der Tür stand Erik.

»Ich dachte schon, ich hätte dich für ewig vertrieben«, war alles, was ich zu ihm sagte. Er schaute mich an, dann trat er ein, als ich einen Schritt zur Seite machte und ihm zeigte, dass er willkommen war, und schloss die Tür wieder hinter ihm.

»Du glaubst mir immer noch nicht, dass du mich nicht loswirst. Streit gehört zu einer Beziehung. Grenzen werden ausgelotet und ich war gestern zu forsch, zu schnell für dich. Es hätte mir klar sein müssen. Tut mir leid, wenn ich dich nicht ernst genommen habe. Ich gelobe Besserung, Stoffel.« Er trat nah an mich, legte die Hände auf meine Schultern und ließ sie langsam an meinen Armen entlanggleiten, bis sie meine Hände erreichten und sie ergriffen. Er blickte mir geradewegs in die Augen. So wie er mich gerade anschaute, hatte es noch nie jemand getan.

Ich schluckte und unvermittelt traten mir Tränen in die Augen. Sofort senkte ich den Kopf. Konnte den Blick nicht länger ertragen. Am Nachmittag war ich durch meine persönliche Hölle gegangen, fühlte mich mental erschöpft, und jetzt kam Erik mit diesen Worten. Es wurde mir gerade zu viel.

»Hey, komm her, Stoffel. Was ist los? Das war ein harmloser Streit. Nichts Besonderes, davon werden wir noch eine Menge haben.«

Er nahm mich in den Arm und streichelte tröstend über meinen Rücken.

»Tut mir leid, dass ich so stur bin. Aber ich bin es nicht gewohnt, mit jemandem zu streiten«, schluchzte ich.

»Wir müssen an unserer Streitkultur arbeiten. Es bringt nämlich auch nichts, wenn ich jedes Mal fluchtartig die Wohnung verlasse.«

Ich nickte an seiner Schulter und legte meine Arme um ihn. Nach einer Weile, in der wir stumm und eng umschlungen im Flur standen, kam ich mir merkwürdig vor. Ich löste mich von Erik und ging in die Küche.

»Wollen wir kochen?«, fragte ich ihn.

»Oh ja, eine tolle Idee. Mal was anderes als zu bestellen«, rief er begeistert aus und ich lachte.

Irgendwann in nächster Zeit würde ich ihm alles sagen oder ihn vor dem Laptop platzieren und es ihm zu lesen geben. Keine Ahnung, wie, aber ich musste mich überwinden und anfangen, ihm zu vertrauen.

10

Wir saßen in meiner Küche und aßen. Ich hatte uns Currywurst mit Pommes gemacht und danach wollten wir ins Kino fahren. Erik erzählte mir mal wieder ohne Punkt und Komma von seiner kommenden Selbstständigkeit und freute sich auf den Film. Er hatte mir immer noch nicht verraten, welchen er ausgesucht hatte.

Den Gedanken, gleich ins Kino zu fahren, versuchte ich zu verdrängen. Als ich heute Morgen aufgewacht war, hatte er mit aller Härte zugeschlagen und in meinem Magen hatte sich ein Knoten gebildet, der mich am Frühstücken hinderte. Jetzt zwang ich mich, zu essen, damit es ihm nicht auffiel. Ich mochte Erik nicht die Freude nehmen, geschweige denn absagen.

Die Zeit mit ihm zeigte mir immer mehr, wie sehr ich es mittlerweile gewohnt war, wegzulaufen oder vieles nicht zu versuchen. Gestern und letzte Nacht war mir klar geworden: Wenn ich es ernst meinte, musste ich damit aufhören. Der Kinobesuch war ein kleiner Anfang.

»Bist du soweit, Stoffel?«, unterbrach mich Erik in meinen Gedanken.

Ich räusperte mich. »Klar, lass uns los.«

Er stellte unsere Teller weg und wir verließen das Haus. Je näher wir dem Auto kamen, desto langsamer wurden meine Füße.

»Und du bist dir ganz sicher?«, hakte er nach. Ich lächelte tapfer und nickte. Wir wollten mit seinem Auto fahren. Tief einatmend stieg ich ein.

Als Erik losfuhr, legte ich meine Hände auf den Oberschenkeln ab und rieb sie. Mit jedem Meter wurden die Innenflächen feuchter. Im Radio lief leise What's Up von *4 Non Blondes*. Erik konzentrierte sich auf die Straße und war für seine Verhältnisse still. Aber das war mir im Moment recht, denn ich hätte kein Gespräch führen können. Ich war zu sehr mit mir selbst beschäftigt.

Wir kamen dem Stadtzentrum näher und mein Herz begann schneller zu schlagen. Das Atmen fiel mir immer schwerer.

Es fühlte sich an, als ob ein riesiger Stein auf meiner Brust lag und meine Lungen vom Rest des Körpers abschnitt.

Mir wurde schwindelig und mein Herz schlug ein rasantes Tempo an.

»Anhalten«, keuchte ich.

»Was hast du gesagt?«, fragte Erik, doch ich nahm seine Frage nicht mehr wahr.

»Halt an, sofort!«, stieß ich hervor. Es fühlte sich an, als ob ich in einem Tunnel steckte und meine Lungen bekämen keine Luft mehr.

Ich musste hier raus. Raus aus dem Auto. Ich musste atmen. Mit der Hand schlug ich gegen die Tür. Erik fuhr an den Straßenrand und stellte den Motor ab.

Hektisch begann ich nach dem Türgriff zu tasten. Er flutschte mir aus den Fingern. Ich griff wieder zu.

Endlich, die Tür sprang auf und ich taumelte raus. Fiel zu Boden, doch bemerkte den harten Untergrund nicht mehr.

~

Sie traten zu. In die Seite, in den Bauch, ich lag gekrümmt auf dem Boden. Ungehemmt liefen die Tränen des Schmerzes über meine Wange.

Ein stechender Schmerz kurz unterhalb meines Brustkorbs ließ mich aufschreien. Ich tastete blind danach. Immer wieder die Rufe: »Her mit dem Geld! Wo hast du es versteckt?«

Erneut ein Tritt. Ich wimmerte und hatte mich in Embryonalstellung zusammengerollt. Hände durchsuchten grob meine Klamotten und zerrten mich an meinen Armen und Beinen auseinander. Sie hielten mich im eisernen Griff fest. Dann ein langgezogener Schmerz, der sich von der Brust bis zur Taille zog.

Ich konnte nicht mehr schreien. Mein Körper schmerzte überall und dann umgab mich Schwärze.

11

Jonas reagierte nicht mehr auf mich. Ich wollte gerade antworten, dass ich auf der Umgehungsstraße nicht halten konnte und die nächste Tankstelle anpeilen würde. Doch Jonas hantierte panisch an der Tür und schlug dagegen. In dem Moment wurde mir definitiv klar, dass etwas nicht stimmte.

Er wirkte fahrig, hektisch und unkoordiniert. War das eine Panikattacke? Ich kannte mich nicht aus.

Kaum hatte er die Tür offen, stolperte er aus dem Auto, fiel auf den Fahrradweg und krümmte sich zusammen. Ich hatte eine Heidenangst um ihn, rief seinen Namen und kletterte ihm so schnell wie möglich über den Beifahrersitz hinterher.

Es kam mir wie eine Ewigkeit vor, bis ich endlich bei ihm war. Er hatte sich auf dem Asphalt zusammengerollt und weinte leise. Ich kniete mich zu ihm und berührte ihn sanft an der Schulter. Warum musste das mitten im Nirgendwo geschehen, wo keiner war, der mir helfen konnte?

»Hey, Stoffel, es ist alles gut.«

Er zuckte zurück, wurde lauter und krümmte sich weiter zusammen. Sofort zog ich meine Hand wieder zurück, blieb neben ihm sitzen und starrte Jonas an.

Völlig überfordert mit der Situation fummelte ich mein Handy aus der Tasche. Ich musste mich zusammenreißen, Jonas brauchte mich jetzt. Es brachte nichts, wenn ich auch panisch wurde. Ich stand auf, atmete durch und ließ Jonas nicht aus den Augen.

Wie konnte ich ihn nur wieder beruhigen? Er hatte Angst vor meiner Berührung! Erkannte mich nicht mehr und ich wusste nicht, was mich gerade mehr beunruhigte.

Als ich das Handy endlich in der Hand hatte, suchte ich Christians Nummer raus. Erleichterung durchströmte mich. Wie gut, dass ich sie mir notiert hatte. Er wusste bestimmt, was zu tun war.

Er hob nicht ab und ich verfluchte innerlich die moderne Technik. Verzweifelt verschränkte ich die Hände hinter dem Kopf und ging auf und ab. Jonas wimmerte mal lauter, mal leiser. Hin und wieder sprach er ein paar Worte, aber ich verstand nichts. Tränen stiegen mir in die Augen, die ich entschlossen bekämpfte.

Um uns herum waren nur Felder. Warum hatte ich nur die blöde Umgehungsstraße nehmen müssen, nur damit ich schneller zum Kino kam? Wären wir durch die Stadt gefahren, wären wenigstens Menschen an uns vorbeigekommen, die vielleicht helfen konnten. Aber einen Krankenwagen zu rufen traute ich mich auch nicht. Jonas war nicht körperlich verletzt.

Ich blieb bei ihm stehen, ging auf die Knie, musste jetzt für ihn da sein. Er brauchte niemanden an seiner Seite, der selbst verzweifelte. Was sollte ich nur machen? Wie oft hatte er solche Attacken? Warum hatte er mir nie etwas erzählt? Menschen zu meiden war das Eine, dass er ein schreckliches Erlebnis gehabt haben musste, war mir auch klar. Seinem Körper war es anzusehen. Doch solche Anfälle waren eine ganz andere Sache.

Die Gedanken wirbelten durch meinen Kopf und ich versuchte erneut, Christian anzurufen. Wieder nichts außer der Mailbox.

Die Autos rasten an uns vorbei. Sie konnten bestimmt schon von Weitem sehen, dass etwas nicht stimmte. Niemand blieb hier stehen, wenn er kein Problem hatte. Aber keiner kam auf die Idee anzuhalten und zu fragen, ob er helfen konnte.

Ich atmete tief durch und versuchte, mich zu beruhigen.

Traute mich nicht mehr, Jonas zu berühren. Stattdessen beschloss ich, mit ihm zu reden.

»Jonas, ganz ruhig. Ich bin da. Hier ist Erik. Verstehst du mich? Kannst du mich hören? Ich weiß nicht, was passiert und was du erlebst, aber bitte komm wieder zurück, ja?«

Ich wiederholte die Worte wie ein Mantra, als mein Handy klingelte. Es fiel mir beinah aus der Hand und ich schrie fast auf vor Erleichterung, als ich den Namen auf dem Display las. Christian.

»Wir waren auf dem Weg zum Kino, als Jonas auf einmal während der Fahrt aus dem Auto wollte. Ich konnte gerade rechtzeitig anhalten und jetzt liegt er zusammengekrümmt auf dem Fahrradweg, weint und redet wirres Zeug, das ich nicht verstehe!«, rief ich ihm durchs Telefon zu, nachdem ich den Anruf entgegengenommen hatte. Zum ersten Mal nahm ich wahr, wie meine Halsschlagader vor Aufregung am Hals dumpf und schnell pochte.

Christian schaltete sofort.

»Er hat eine Panikattacke. Du musst ihm da raus helf...«

»Aber wie?«, unterbrach ich ihn, erhob mich und lief wieder auf und ab. Behielt Jonas dabei die ganze Zeit im Blick. Ihm liefen jetzt unablässig die Tränen über die Wangen und er war fest zusammengerollt wie ein Igel.

»Bleib ruhig und leg dich zu ihm. Nimm ihn in den Arm und atme langsam ein und aus. Lass ihn das am Rücken spüren.«

»Aber wenn ich ihn berühre, zuckt er sofort zurück. Als ob ich ihn schlagen würde«, rief ich verzweifelt. Ich wünschte,

Christian wäre hier und könnte das übernehmen. Er hatte es anscheinend schon öfter mitgemacht.

»Egal, nimm ihn in den Arm und dann rede mit ihm. Sobald er sich beruhigt hat, kannst du ihn ins Auto setzen und nach Hause fahren. Sei bitte nicht beunruhigt, wenn er nicht mit dir redet oder dich nicht beachtet. Das ist normal bei ihm nach einer Attacke.«

»Okay ... okay, verstanden. Ich rufe dich später an.«

»In Ordnung.«

Ich beendete das Gespräch, verstaute das Handy in meiner Hosentasche und holte noch einmal tief Luft.

Dann legte ich mich auf den harten Boden direkt hinter Jonas. Wieder zuckte er zusammen, wimmerte lauter. Vorsichtig führte ich einen Arm unter seinem Hals hindurch, was ihn erschaudern ließ. Es tat mir in der Seele weh, ihn leiden zu sehen. Was hatte man ihm nur angetan?

Als sein Kopf auf meinem Arm lag, legte ich den anderen Arm um ihn und zog ihn dann ganz nah an mich heran. Sein gesamter Körper bebte. Ich versuchte langsam, bewusst und tief zu atmen, sodass er es spüren konnte. Es fiel mir nicht leicht, da ich völlig aufgelöst war. Meine einzige Hoffnung war, dass es half. Gleichzeitig hatte ich Angst, dass Jonas sich nicht beruhigen ließ.

Zwischendurch sprach ich mit ihm. Irgendwelche Worte, es war mir egal, was. Hauptsache, er hörte den Klang meiner Stimme.

Nach einer gefühlten Ewigkeit wurde er ruhiger. Er weinte und zitterte nicht mehr. Als er komplett zur Ruhe gekommen war, löste ich mich von ihm und stand auf. Mein Körper fühlte sich steif an und ein Arm kribbelte, als das Gefühl zurückkehrte. Jonas schaute zu mir und setzte sich auf. Er wirkte erschöpft, müde und seine Augen waren rot unterlaufen. Mir waren ebenfalls die Worte ausgegangen. Das Einzige, was ich immer wiederholte, war: »Alles wird gut.«

Ich half ihm auf und bugsierte ihn auf den Beifahrersitz. Er war völlig apathisch.

Als wir endlich wieder bei Jonas zu Hause ankamen, stieg er aus und steuerte ohne Umweg sein Schlafzimmer an, sobald ich die Wohnungstür geöffnet hatte. Er legte sich auf sein Bett. Ich zog ihm die Schuhe aus und er krabbelte unter die Decke, starrte vor sich hin. Sein Blick war leer und er nahm wahrscheinlich nicht einmal seine Umgebung wahr. Bis jetzt hatte er kein Wort gesprochen. Es machte mir Angst, ihn so zu erleben. Vor dem Bett stehend, betrachtete ich ihn. Mein Körper war angespannt, bereit mich sofort zu ihm zu legen, sollte es nötig sein. Christian hatte gesagt, ich müsste ihm Zeit geben.

Ich zwang mich, das Schlafzimmer zu verlassen und Christian anzurufen.

»Wir sind da. Er liegt im Bett und starrt vor sich hin«, teilte ich ihm mit.

»Gut. Leg dich zu ihm. Er wird bald wieder der Alte sein.«

»In Ordnung.« Meine Worte klangen zittrig. So kannte ich mich nicht. »Das hat mir eine Heidenangst eingejagt. Was ist ihm passiert?«

»Darüber werde ich nicht reden. Es ist Jonas' Sache, es dir zu erzählen.« Christian blieb weiterhin freundlich, seine Stimme nahm aber einen bestimmenden Tonfall an, der mich nicht weiterfragen ließ. Laute Stimmen waren im Hintergrund zu hören. Er klang gehetzt. »Ich muss los, die Patienten warten«, beendete Christian das Gespräch und legte auf, bevor ich mich verabschieden konnte.

Wieder im Schlafzimmer angelangt, hatte Jonas sich keinen Millimeter bewegt. Vorsichtig legte ich mich zu ihm. Er starrte noch immer geradeaus, ließ aber zu, dass ich ihn umarmte, und zuckte nicht zusammen. Erleichterung durchflutete mich. Er kam langsam wieder zu sich.

Ständig fragte ich mich, wie ich ihm helfen konnte. Konnte ich das überhaupt? Brauchte er nicht eher einen Psychologen? Jetzt und hier konnte ich ihn nur halten. Ihm zeigen, dass nicht alle Menschen grausam waren.

In Erinnerung der letzten Stunde, in der ich mich so hilflos wie noch nie gefühlt hatte, liefen mir lautlos die Tränen über die Wangen.

~

12

Ich erwachte aus einem Traum, in dem mein Auto gewaltig durchgerüttelt wurde. Zwischendurch stand es still, dann ging es wieder von vorne los. Jonas saß neben mir, starrte nur nach vorne aus der Windschutzscheibe, regte sich nicht. Ich wollte mit ihm reden, aber mein Mund war wie zugenäht, und wenn ich ihn aufbekam, konnte ich nicht sprechen. Mein Herz klopfte mir bis zum Hals, ich war nass von meinem Schweiß.

Als ich langsam die schweren Augenlider öffnete, bemerkte ich Jonas sitzend neben mir. Er sagte etwas zu mir, das ich nicht verstand, zumindest wusste ich nun, dass er an meiner Schulter gewackelt hatte. Ich rieb mir mit den Händen übers Gesicht.

»Wach endlich auf, Erik, und verschwinde«, brummte er mich grimmig an.

»Was, warum?«, gab ich müde von mir, streckte mich und lugte zur Nachttischuhr. Es war halb zwei. Wann waren wir eingeschlafen? Hatte Jonas überhaupt geschlafen? Seine Augen waren geschwollen, aber nicht mehr rot.

»Weil ich das will, darum«, erwiderte er nur und wandte sich ab. Da war er wieder. Der Stoffel, wie ich ihn kennengelernt hatte. Wir waren also fünfzig Schritte zurückgegangen. Ich seufzte innerlich auf. Wie oft musste ich ihm zeigen, dass er mir vertrauen konnte?

Ich setzte mich auf und beobachtete ihn. »Nein, dieses Mal werde ich nicht gehen. Erst wenn ich mir sicher bin, dass es dir wirklich besser geht und wir geredet haben.« In seinen Augen zeigte sich Widerstand. Ich stellte mich innerlich auf eine Diskussion mit ihm ein, aber zu meinem Erstaunen erhob er sich und verschwand aus dem Schlafzimmer.

Damit hatte ich nicht gerechnet. Sonst beharrte er immer darauf, dass ich ging. Überrascht stand ich auf und suchte ihn. Er war im Wohnzimmer und hockte auf dem Sofa. Es war dunkel, nur der Mondschein erhellte das Zimmer schwach. Trotzdem erkannte ich seine Umrisse sofort.

Ich setzte mich zu ihm und blieb ruhig. Laut meiner Erfahrung fing er nach einer Weile an zu reden. Genauso, wie er immer sagte, ich sollte verschwinden, aber seine Augen und Gesten mich jedes Mal baten, es nicht zu tun. Trotzdem war ich seinem gesprochenen Wunsch bisher immer nachgekommen.

»Ich war 19 und mit einem Freund ... nein, meinem potenziellen zukünftigen Freund im Kino«, begann er stockend zu erzählen. Er sprach leise, ich verstand ihn kaum. Ich wandte mich ihm zu. Meine Augen hatten sich an die Dunkelheit gewöhnt und ich konnte sein Gesicht erahnen. Seine Hände hatten das Ende des Kissens ergriffen und kneteten es. Ich war froh, nicht dieses Kissen zu sein.

»Nach dem Film verabschiedeten wir uns vor dem Kino. Wir hatten viel Spaß und ich war glücklich. Wirklich richtig glücklich. Wir gingen in unterschiedliche Richtungen. Ich beschloss, zu Fuß nach Hause zu gehen, weil es noch so ein schöner Spätsommerabend war, statt auf den nächsten Bus zu warten.« Sein Kopf neigte sich nach unten. »Vier Gestalten kamen auf mich zu. Sie waren ungepflegt, ihre Klamotten verdreckt, aber ich dachte mir nichts. Ich hoffte nur, schnell an ihnen vorbeizukommen.« Erneut hielt er inne. Sammelte sich. Ich blieb weiterhin still. Ließ ihm die Zeit, die er benötigte, beugte mich nur zur Stehlampe, die in meiner Nähe stand, um das kleine Licht anzuschalten. Wenn das kam, was ich befürchtete, wollte ich es nicht im Dunkeln hören. Mir zog sich jetzt schon der Magen zusammen.

»Als sie auf meiner Höhe waren, packte mich urplötzlich einer der vier, hielt mir den Mund zu und ehe ich reagieren konnte, zogen sie mich in eine dunkle Ecke. Drei drückten mich gegen die Wand, einer fragte nach Geld. Aber ...« Er schluckte mehrmals, bevor er weitersprach. »Aber ich hatte keines. Alles, was ich dabei gehabt hatte, war ausgegeben.« Wieder Pause. Er setzte mehrfach an zu sprechen.

»Dann ... dann ... Einer schlug zu. Ins Gesicht. Ein anderer durchsuchte mich. Als Nächstes ... ich lag auf einmal auf dem Boden.« Er begann zu weinen und ich nahm ihn in den Arm, drückte ihn fest an mich.

»Sie tra... trat...«, er schluchzte und Tränen stiegen mir in die Augen. Sein Kopf lag auf meiner Schulter, das Kissen presste er fest an sich, sein Körper bebte, als ob er es wieder durchleben würde. Die Schmerzen erneut spürte. Mir wurde klar, dass genau das vorhin auf dem Weg zum Kino passiert war. Sie mussten mehr getan haben, als nur zu treten. Ich kannte seine Narben.

»... traten zu und ich ... Einer stach mit einem Messer zu.« Er klammerte sich nun an mir fest, das Kissen fiel auf meine Knie und ich fühlte sein rasendes Herz an meiner Brust. Ich hielt ihn, traute mich kaum noch zu atmen.

»Du musst nicht weitererzählen, wenn du nicht möchtest«, flüsterte ich ihm ins Ohr, aber er hörte es nicht. Es war, als ob sich die Schleusen geöffnet hatten und er alles auf einmal loswerden wollte.

»Sie zerschlitzten mein Hemd, der Schnitt zog sich von der

Brust bis zur Taille auch über meine Haut.« Jonas Stimme brach und er schüttelte den Kopf. »Sie fanden kein Geld, hatten mir nicht geglaubt. Soweit ich mich erinnern kann, traten sie weiter zu. Danach weiß ich nichts mehr.«

Er wurde still und weinte lautlos an meiner Schulter. Ich dachte schon, er wäre fertig, aber als er sich wieder beruhigt hatte, erzählte er weiter.

»Es waren wohl Junkies. Irgendwer fand mich und rief den Krankenwagen und die Polizei. Ich wurde lange operiert. Mir musste die Milz entfernt werden und ich hatte Blutungen im Bauch. Anscheinend hatte ich Glück, dass ich früh genug gefunden wurde.«

Erneut wurde er still und ich drückte ihm einen Kuss auf den Scheitel. Jetzt liefen mir die Tränen vor Wut und Trauer, dass ihm das passiert war.

»Haben sie die Junkies verhaftet?«, fragte ich, und er schüttelte den Kopf.

»Nein, ich konnte sie nicht wirklich beschreiben und die Polizei geht davon aus, dass sie vielleicht keinen Wohnsitz hatten.« Wieder schwieg er einen Moment und es schien, als sammelte er sich. »Aber dafür habe ich damals Christian kennengelernt. Er war als Praktikant bei der OP dabei und hat sich später um mich gekümmert. Er ist der Einzige, bis auf meine Eltern, der die gesamte Geschichte kennt. Meine Freunde wissen nur, dass ich überfallen wurde.«

Ich hielt ihn immer noch ganz fest. Mir taten zwar mittlerweile die Arme weh, aber mir war es wichtig, dass er sich geborgen fühlte. Zu hören, was er erlebt hatte, fühlte sich wie ein schlechter Traum oder Film an. Ständig dachte man, so etwas würde einem nicht passieren. Aber es war diesem wunderbaren Mann geschehen und das nur, weil diese Typen Geld für den nächsten Schuss benötigt hatten. Ich konnte mir nicht einmal ansatzweise die Schmerzen vorstellen, die Jonas hatte ertragen müssen. Die Flashbacks, die er noch heute hatte. Mir reichte das Bild von Jonas auf dem Fahrradweg.

In mir stieg Wut auf. Wut auf die vier, die ihm das angetan hatten. Auf die Dealer, die dafür sorgten, dass man überhaupt zu solchen Dingen fähig war.

»Das ist also der Grund, warum du keine Menschen magst«, brachte ich hervor und versuchte, ruhig zu bleiben, obwohl ich innerlich kochte.

»Ja, das macht einen großen Teil aus, aber nicht nur. Meine Mitschüler haben damals ebenso ihren Part dazu beigetragen.«

Seine Schulzeit hatte er mir gegenüber noch nie erwähnt. Er hatte es sehr lange durchgehalten, so wenig wie möglich von sich preiszugeben. Aber das war in Ordnung. Dafür hatte ich umso mehr von mir erzählt.

»Was haben sie gemacht?«

Er löste sich aus der Umklammerung und lehnte sich neben mir am Sofa an. Seinen Kopf legte er auf meiner Schulter ab.

»In der neunten Klasse wurde ich geoutet.« Seine Stimme zitterte. »Einer meiner Klassenkameraden hatte gesehen, wie ich mit einem älteren Jungen im Wald geknutscht hatte. Wir haben ihn nicht bemerkt. Am nächsten Tag hat er es laut in der Schule herumgetönt. Die Einzigen, die mich nicht ausgelacht oder als Schwuchtel bezeichnet hatten, waren meine Freunde. Eine Handvoll, aber die würde ich für kein Geld der Welt mehr hergeben.«

Er warf mir einen kurzen Blick zu und spielte mit seinen Händen. Ich legte meine darauf, um ihm ein Gefühl von Sicherheit zu geben.

»Jungs hatten auf einmal Angst, mit mir gesehen zu werden, weil man sie ebenfalls für schwul halten könnte. Lehrer meinten, das wäre ja nicht schlimm, aber ich möge doch bitte auf dem Schulhof keine Unruhe verursachen, wenn ich einen Freund hätte, und mich zurückhalten. Küssen und Händchenhalten sollte ich mir für zu Hause aufsparen. Ich wurde angerempelt, ausgeschlossen, beschimpft und sogar verprügelt. Ab der neunten Klasse habe ich die Schule gehasst. Sie war die Hölle für mich. Ich hätte sie gerne gewechselt, aber meine Eltern, so verständnisvoll sie auch sind, meinten, es wäre besser, mein Abitur dort zu machen, weil die Lehrer mich kannten. Und sie vertraten die Ansicht, dass es auf anderen Schulen nicht besser werden würde.«

Ich schnappte nach Luft und begriff, was für ein leichtes Coming-out ich dagegen gehabt hatte.

»Das tut mir so leid. Ich wünschte, ich hätte dich damals schon gekannt. Ich hätte dich verteidigt. Man sollte doch denken, dass Erwachsene Kinder und Jugendliche beschützen sollten. Hast du ihnen nie gesagt, was dir widerfahren ist?«, fragte ich entsetzt. Meine langsam verrauchte Wut bekam neuen Nährstoff.

»Meinen Eltern am Anfang schon, bei den Lehrern traute ich mich nicht mehr.« Er sah mich an und schien nach den passenden Worten zu suchen. »Einmal waren nach dem Schwimmunterricht meine Sachen verschwunden. Nur mit dem Handtuch bekleidet ging ich also zum Lehrer. Alle waren umgekleidet und warteten nur auf mich. Der meinte, ich solle mich bitte beeilen, in fünf Minuten fahren sie ohne mich los, wenn ich nicht fertig wäre. Gnädigerweise hat er die Jungs aufgefordert, mir meine Sachen zu geben. Einer hat sie mir dann zugeworfen.«

Wenn all das, was er erzählte, mir passiert wäre, hätte ich mich zu Hause eingeschlossen. Wie konnten Lehrer, die Vorbilder sein sollten, so mit einem Schüler umgehen?

Ich schüttelte fassungslos den Kopf. »Das ist ... Ich weiß nicht, was ich sagen soll. Es tut mir schrecklich leid.«

»Dir muss es nicht leidtun. Das sollte es anderen. Mein Outing verlief nicht rosig und ich hätte es vermutlich nie während der Schulzeit gemacht.«

Wieder küsste ich ihn auf den Kopf. Mit der Hand streichelte ich über seinen Arm.

»Mein Coming-out war nach der Schule im Studium. Ich hatte einen Freund, der out war und sich nicht verstecken wollte. Er gab mir die Wahl zwischen outen oder nichts. Also entschied ich mich zu einem Coming-out. War nicht so schlimm, wie ich dachte. Ich wurde blöd angeguckt, habe hin und wieder einen Spruch abbekommen, ansonsten lief es sehr rund.«

Erstaunlich, dass ich ihm das noch nicht erzählt hatte. Aber das war bisher nie ein Thema zwischen uns gewesen. Jonas gähnte neben mir. Es war ein anstrengender Tag für ihn gewesen. Oder zumindest ein kräftezehrender Abend und eine harte Nacht.

»Komm, lass uns ins Bett gehen und schlafen. Morgen reden wir weiter«, schlug ich vor. Er nickte nur und stand auf. Dann tat er etwas, dass er noch nie getan hatte. Er blickte mich aus seinen rotgeränderten, verweinten Augen an und streckte mir die Hand entgegen. Lächelnd ergriff ich sie und ließ mich von ihm mitziehen.

13

Wir wachten mal wieder erst gegen Mittag auf. Die Sonne blitzte hell durch die nicht ganz geschlossenen Jalousien. Meine Augen brannten, als ich sie öffnete. Die letzte Nacht steckte mir noch in den Knochen. Ich musste mich erst einmal orientieren.

Jonas lag in meinen Armen, wie so oft, aber nicht mit dem Rücken zu mir wie sonst. Sein Kopf lag an meiner Schulter und ein Arm war um mich gelegt. Aufmerksam beobachtete er mich durch seine geschwollenen Augen.

»Ich schaue dir gerne beim Aufwachen zu«, begrüßte er mich lächelnd und gab mir einen Kuss.

Ich spürte es sofort. Etwas hatte sich in unserer Beziehung verändert. Jonas hatte eine Wand eingerissen, die zwischen uns gestanden hatte. Ich war mir nicht sicher, ob er mir endlich vertraute und seine Angst, von mir sitzen gelassen zu werden, immer noch da war, aber er hatte sich mir geöffnet. Ich war unglaublich happy darüber und in meinem Körper breitete sich ein Kribbeln aus. Wir waren vorwärts und nicht rückwärts gegangen. Ein Lächeln umspielte meine Lippen.

»Wollen wir noch ein bisschen kuscheln und dann frühstücken?«, fragte ich Jonas und er nickte.

»Musst du denn nicht zur Arbeit? Immerhin ist heute Dienstag.«

Ein Schreck durchfuhr mich. »Oh shit, das habe ich ganz vergessen!«

Ich sprang aus dem Bett und suchte fluchend mein Handy, das ich im Wohnzimmer fand. Zwanzig verpasste Anrufe und jede Menge Nachrichten von meinem Noch-Chef, wo ich denn bleiben würde. Mist, verdammter, da konnte ich mir jetzt bestimmt etwas anhören, schimpfte ich in Gedanken.

Ich rief ihn zurück und wartete darauf, dass er ranging. Es war mittlerweile kurz nach ein Uhr und ich hätte um spätestens neun am Arbeitsplatz sein müssen. Mein Chef war generell sehr nachsichtig, aber ohne Ankündigung zu spät zu erscheinen und nicht Bescheid zu geben, ließ auch seinen Geduldsfaden reißen.

»Kannst du mir bitte sagen, wo du bist und warum du dich erst jetzt meldest? Noch arbeitest du hier und hast gefälligst zu kommen!«, schrie er mich ohne Begrüßung direkt durchs Telefon an. Ich sackte vor lauter schlechtem Gewissen einige Zentimeter zusammen.

Jonas trat in den Türrahmen und beobachtete mich. Ich bedeutete ihm mit einer Grimasse, dass mein Chef sauer war.

»'Tschuldigung, aber ich habe total verschlafen. Mein Freund hatte gest...«

»Es interessiert mich nicht, was dein Freund hatte oder nicht. Jetzt brauchst du auch nicht mehr kommen. Die Unterlagen für das Meeting habe ich gefunden und du hast Glück, dass die Kunden zufrieden waren. Morgen wirst du die Änderungen vornehmen!«

Oh shit, den verdammten Termin hatte ich vergessen. Vielleicht konnte ich nachher von zu Hause alles anpassen und morgen früh präsentierte ich ihm das fertige Ergebnis. Es war garantiert protokolliert und im Intranet hinterlegt, überlegte ich, während mein Chef einen Vortrag über Pflichtbewusstsein hielt, dem ich kaum folgte.

Ich hätte mir in den Arsch treten können.

»Ist gut. Es tut mir leid. Kommt nicht mehr vor«, entschuldigte ich mich am Ende noch mal.

Mein Chef brummte noch etwas und legte dann auf.

»Na, das klang aber nicht gut.«

Ich ließ die Hand mit dem Handy sinken und schaute Jonas zerknirscht an.

»Ich habe einen Kunden vergessen, für den ich zuständig bin«, erklärte ich ihm geknickt. »Und nun brauche ich nicht mehr hin, weil das Meeting vorbei ist. Abgesehen davon, wenn ich meinem Chef heute unter die Augen treten würde, wäre ich einen Kopf kürzer.«

»Tut mir leid, dass du wegen mir Ärger auf der Arbeit hast.« Jonas schaute mich mit einem traurigen und ängstlichen Gesichtsausdruck an. Hatte er Angst, dass ich ihn deswegen im Stich lassen würde? Ich atmete tief durch, trat zu ihm, griff nach seinen Händen und verschränkte unsere Finger.

»Jetzt hör mir mal gut zu. Dir muss es nicht leidtun. Du hast keinen Fehler gemacht, sondern ich. Mach dir keinen Kopf. Ich fahre nachher nach Hause, setze mich an die vorgeschlagenen Änderungen und morgen ist die Welt wieder in Ordnung. Mein Chef ist nicht nachtragend.«

Er nickte und ich küsste ihn. Das war blöde gelaufen heute Morgen, aber Jonas war mir wichtiger als mein Chef. Wow, durchfuhr es mich. Das hatte es noch nie gegeben. Bisher hatte die Arbeit immer über allem gestanden.

»Frühstück?«, schlug ich vor, denn nun gab es auch keinen Grund mehr, mich abzuhetzen.

Jonas nickte erneut. Wir gingen in die Küche und bereiteten schweigend das Frühstück vor.

Erst als wir saßen, sprachen wir wieder miteinander. Ich

hatte mir die ganze Zeit überlegt, wie ich Jonas meine Gedanken mitteilen konnte, eine Therapie zu machen, ohne ihn zu verschrecken oder zu verärgern. Aber wahrscheinlich gab es keinen schonenden Weg.

»Christian spricht seit Jahren davon, dass ich eine Therapie machen soll. Ich denke, das werde ich nun ernsthaft angehen«, begann er selbst das Gespräch und mir plumpste ein Stein vom Herzen, der sich in der vergangenen Nacht dort aufgebaut hatte.

»Du möchtest mit mir in den Urlaub fahren oder woanders hingehen und im Moment bin ich nicht dazu in der Lage. Es war mir nicht klar, wie tief meine Angst mittlerweile sitzt. Am Anfang bin ich weiterhin zur Arbeit gefahren, war mit Freunden unterwegs.« Jonas blickte mich an, spielte aber mit dem Marmeladenglas. Zum ersten Mal fiel mir bewusst auf, dass seine Hände selten still waren, ständig drehten, kneteten oder schoben sie etwas. »Aber so nach und nach bin ich nur noch vertraute Wege gegangen, bei denen ich wusste, was mich erwartete. Seit Jahren war ich nicht mehr in der Innenstadt. Allein der Gedanke daran, dorthin zu müssen, verursacht bei mir Bauchschmerzen. Es war ein schleichender Prozess und ich dachte, ich hätte es im Griff. Die Panikattacken ließen logischerweise nach, weil ich allem aus dem Weg ging, das mir hätte Angst bereiten können. Ich kam in meinem kleinen, beschaulichen Leben zurecht.«

Er blickte niedergeschlagen auf seinen Teller. Das Marmeladenglas war seiner Tasse gewichen, die randvoll mit Kaffee war. Ich hatte Angst, dass er sich gleich die heiße Flüssigkeit über die Hand schüttete und wir ins Krankenhaus müssten.

»Nur, so kann es nicht weitergehen. Du möchtest mich deiner Familie und deinen Freunden vorstellen, mir deine Welt zeigen. Das bekomme ich allerdings zurzeit nicht auf die Reihe.«

»Also in erster Linie solltest du das deinetwegen machen und nicht meinetwegen«, klinkte ich mich nun in seine Ausführungen ein. »Und, wie ich neulich bereits sagte, wir können gerne hierbleiben. Abgesehen davon bestimmst du das Tempo und wenn ich wieder vorpresche, dann bremse mich, okay? Manchmal bin ich wie eine Dampflok«, versuchte ich ihm Mut zu machen. Er nickte gedankenverloren.

»Ich denke schon länger drüber nach. Na ja, eigentlich erst seit zwei Wochen«, gestand er leise.

Sofort stand ich auf und ging zu ihm. Von hinten umarmte ich ihn und drückte ihn fest. Ich konnte nicht einmal sagen, warum, aber er wirkte so verloren in dem Moment und das war er nicht. Jonas war auf seinem Weg unterwegs.

»Nimm dir die Zeit, die du brauchst. Ich bleibe und bin da. Keine Ahnung, wie ich dir helfen kann, aber das kriegen wir raus«, wiederholte ich mich, und wenn es nötig war, würde ich das noch tausend Mal machen.

Wieder nur ein Nicken. Mit seiner freien Hand fuhr er sich übers Gesicht. Ich war mir sicher, dass er Tränen wegwischte. Es würde wahrscheinlich Monate dauern, bis Jonas bereit war, für ein Wochenende wegzufahren, aber ich wusste, dass wir das schaffen würden. Christian hatte gestern kurz angedeutet, dass ich mit drei Schritten vor und fünf zurück rechnen musste, dass es auch für mich frustrierende Momente geben würde, aber ich mich dadurch nicht entmutigen lassen sollte, und ich war wild entschlossen, es zu schaffen.

Ich gab ihm noch einen Kuss auf den Hinterkopf und setzte mich dann wieder, um endlich zu essen. Wir sprachen darüber, wie und wo er einen Therapeuten finden könnte und beschlossen, dass er sich an Christian wenden sollte.

Nach unserem Mittagsfrühstück fuhr ich nach Hause und

startete sofort meinen Rechner. Ich öffnete das Intranet, doch statt mich um den Kundenauftrag zu kümmern, wie ich es vorhatte, las ich jeden Artikel im Internet über Panikattacken.

Je mehr ich darüber erfuhr, desto stärker wurde meine Sorge um Jonas. Er lebte seit Jahren damit und ich stellte mir die Frage, ob er überhaupt noch zu einem normalen Leben fähig war. Wäre ich auf Dauer imstande, meine Bewegungsfreiheit für ihn einzuschränken? Oder jeden meiner Urlaube ohne ihn, stattdessen mit Freunden zu planen? Was, wenn er nie in der Lage sein würde, meine Freunde kennenzulernen oder mich zu ihren Einladungen zu begleiten?

Völlig entmutigt ließ ich mich in meinen Stuhl sinken. Mir sank das Herz in die Hose und ich saß einige Minuten reglos da. Bisher hatte ich meinen Freunden nichts Näheres über Jonas erzählt. Nur, dass sich etwas anbahnte, aber ich musste jetzt mit jemandem sprechen, der nicht Jonas oder Christian war.

Ich war mir überhaupt nicht im Klaren darüber, was auf mich zukam und zweifelte im Moment, ob ich meine berufliche Selbstständigkeit mit Jonas verbinden konnte. Immerhin bedeutete es mehr Arbeit als zuvor.

Ich atmete tief durch und rief meinen besten Freund an. Daniel nahm sofort ab.

Eine Stunde später, ich war mittlerweile ins Wohnzimmer gewechselt und lag auf der Couch, ging es mir besser. Daniel schaffte es immer wieder, mich aufzubauen, und beruhigte mich. Seiner Meinung nach konnten Jonas und ich sowieso nur einen Schritt nach dem anderen gehen. Zum Schluss verabschiedete er sich mit der Frage, warum ich mich ständig in Typen verlieben musste, die meine Hilfe brauchten, und brachte mich dadurch zum Lachen.

Allerdings war es jetzt anders. Mit Jonas war es mir ernster. Er war der Erste, mit dem ich mir vorstellen konnte, alt zu werden und gemeinsam zu wachsen.

Verliebt war ich bereits häufiger gewesen, aber meistens benötigten die Kerle finanziellen Beistand. Etwas, wofür ich nicht geradestehen wollte, und so wurde ich schnell fallengelassen. Wegen all dieser Fehlschläge hatte ich in den letzten Jahren nicht viel auf Beziehungen gegeben und lieber mein Leben mit One-Night-Stands genossen. Es war unkomplizierter. Bis ich Jonas getroffen hatte und sofort fasziniert gewesen war.

Denn Jonas konnte geben, nicht nur nehmen. Er wusste es nur nicht. Er redete nicht über Gefühle, aber er ließ seine Gesten sprechen. Wenn er morgens aufwachte und dachte, ich würde noch schlafen, kuschelte er sich näher, wenn er an mir vorbeiging, streichelte eine Hand zärtlich über meinen Nacken. Ich war mir nicht einmal sicher, ob ihm das klar war. Aber ich liebte seine Art, mir ohne viele Worte zu zeigen, dass er mich mochte. Jedes Mal überzog mich eine Gänsehaut und es kribbelte an der Stelle, wo er mich berührt hatte. Mit jedem Schritt, den er auf mich zuging, vermehrten sich meine Schmetterlinge. Und finanziell war er auch nicht auf mich angewiesen. Ich lächelte.

Was waren das denn für Gedanken? Solch romantische Anfälle kannte ich gar nicht von mir.

Ich war eindeutig übermüdet und der gestrige Abend steckte mir in den Knochen. Diese Angst, die ich um Jonas gehabt hatte, wollte ich nie mehr spüren und doch wusste ich, dass sie ab jetzt zu meinem Leben gehörte. Aber auch damit würde ich lernen, umzugehen. Bestimmt.

Nach dem Gespräch mit Daniel konnte ich mich endlich aufraffen, mich um den Kundenauftrag zu kümmern. Außerdem hatte ich noch eine ewig lange Liste für meine Selbstständigkeit abzuarbeiten.

Seufzend machte ich mich an die Arbeit, allerdings schweiften meine Gedanken immer wieder zu Jonas ab, bei dem ich viel lieber gewesen wäre. Aber er hatte mich gebeten, heute Abend nicht vorbeizukommen, da er in Ruhe nachdenken wollte.

14

Es hatte sich gestern merkwürdig angefühlt, ohne Jonas einzuschlafen. Mir war nicht bewusst, wie sehr ich mich bereits daran gewöhnt hatte, ihn in meinen Armen zu halten. Also war ich nach der Arbeit direkt zu ihm gefahren.

Jetzt saßen wir bei schönstem Sonnenschein und warmen Temperaturen im Garten. Jeder hatte einen Laptop vor der Nase. Jonas' Finger flogen über die Tasten und er hatte eine Furche auf der Stirn, die er immer bekam, wenn er konzentriert arbeitete.

Ich war entspannter. Plante die Eröffnungsparty für meine neue Firma, bei der ich meine bereits bestehenden Kunden, Familie und Freunde einladen wollte. Die Zeit verflog, stellte ich erschrocken fest, denn in knapp fünf Monaten war es soweit.

»Willst du mir noch immer nicht verraten, wovon dein neuer Krimi handelt?«, holte ich Jonas aus seiner Konzentration. Er winkte nur genervt ab und schrieb weiter. Ob er wohl einen Zehn-Finger-Schreibkurs gemacht hatte? Er tippte in einer Geschwindigkeit, die ich faszinierend fand.

Mittlerweile hatte ich den ersten Krimi von ihm ausgelesen und mit dem zweiten begonnen. Aber mir schien, dass ich langsamer las, als er schrieb. Es wurmte mich, dass er mir nicht verraten wollte, wovon seine Geschichte dieses Mal handelte.

»Kann ich das Cover gestalten? Wie sollte es aussehen?«, störte ich ihn erneut.

»Könntest du bitte aufhören, mich zu unterbrechen? Ich schreibe. Wenn du reden willst, such dir jemand anderen!«

Da war er wieder, mein Stoffel. Ich liebte ihn einfach.

Kurz stolperte ich über meine eigenen Gedanken und hielt flüchtig den Atem an, blickte schnell zu Jonas und wieder auf meinen Bildschirm und zurück zu Jonas. Mein Herz nahm Geschwindigkeit auf, als ich bewusst drüber nachdachte. Ich liebte ihn? War es schon so weit? Wir kannten uns erst wenige Wochen. Konnte man so schnell jemanden lieben?

»Und hör, auf mich anzustarren. Du wolltest ebenfalls arbeiten!«, raunzte er mich an und tippte weiter. Ich grinste ihn an und warf ihm eine Kusshand zu. Er hatte recht und ich ließ ihn in Ruhe.

Also vertiefte ich mich wieder in meine Planung. Drei Caterer hatten mir ein Angebot unterbreitet und ich musste noch an den Einladungskarten feilen. Außerdem wollte ich die endgültige Gästeliste fertigstellen, damit die Einladungen rechtzeitig versendet werden konnten.

Nach weiteren zehn Minuten, in denen wir vor uns hinarbeiteten, durchbrach ich abermals die Ruhe, sah man mal von den zwitschernden Vögeln ab.

»Was war jetzt mit dem Cover? Darf ich das machen?«

»Herrgott, Erik, nein, das erstellt der Verlag und nein, ich sage dir nicht, worum es geht«, fauchte Jonas mich an.

Heute war der Wurm drin. Meine Konzentration war im Nirwana und die Ruhe machte mich wahnsinnig. Meine Gedanken wanderten ständig zum Montagabend zurück. Wie konnte Jonas dasitzen und seelenruhig schreiben? Es war ihm nichts mehr anzumerken. Zumindest äußerlich. Er schwieg immer noch über seine Ängste und sprach nicht darüber, was ihn bewegte. Sollte ich ihm davon erzählen, wie ich mich fühlte? Oder wäre es eine Last für ihn? Fragen, die ich mich im Moment nicht zu stellen traute. Und ständig nachzufragen, wie es ihm ging, fand ich nicht hilfreich.

Ich lehnte mich im Stuhl zurück und blickte mich um. Wir hatten August und der Sommer neigte sich langsam dem Ende zu. Von den Temperaturen her war das nicht zu spüren. Obwohl es mittlerweile kurz vor sechs war, knallte die Sonne unbarmherzig vom Himmel und der Wind hatte seit Tagen seinen Dienst eingestellt.

Die paar Blumen, die Jonas in seinem Garten hatte, hatten in diesem Jahr nicht viel Wasser gesehen, sie waren größtenteils verdorrt.

»Du musst deine Pflanzen gießen, wenn es nicht regnet«, klärte ich ihn auf. Das Tippen hörte auf, aber Jonas sagte keinen Ton. Ich sah ihn an, sein bitterböser Blick lag auf mir und ich zuckte lächelnd mit den Schultern.

»Meine ja nur.«

»Ich geb's auf. Du kannst doch auch lesen, während ich schreibe, warum nicht auch arbeiten?« Jonas warf theatralisch seine Arme in die Luft und lehnte sich im Stuhl zurück.

»Keine Ahnung, was mit mir los ist«, sagte ich. Aber was ich dachte, war: Eigentlich schon, aber willst du es wirklich hören?

Jonas seufzte. »Wollen wir spazieren gehen?«, fragte er. Begeistert stimmte ich zu und wir klappten unsere Laptops zu, räumten alles ins Wohnzimmer und machten uns auf den Weg. Er führte mich schnell über die kleinen Wege zwischen den Häusern und aufs freie Feld. Ich mochte diese kleinen Pfade, auf denen die Kinder noch frei spielen konnten.

»Was meinst du, sollte ich zusätzlich zu den Häppchen eine Suppe anbieten? Ein Caterer hatte mir eine angeboten und die kla...«, begann ich ein Gespräch.

»Willst du wirklich mit mir über Suppe reden?«, unterbrach Jonas meinen einsetzenden Redeschwall. Dieses Mal überging ich den Einwurf nicht und redete nicht weiter wie zu Beginn unseres Kennenlernens. Außerdem hatte er mich ertappt und mein trauriges Ablenkungsmanöver durchschaut. Natürlich gingen mir andere Dinge durch den Kopf.

Jonas wollte reden und war weder kratzbürstig noch unhöflich, sondern ruhig und ernst.

»Nein, natürlich nicht.«

»Du bist doch sonst nicht um Worte verlegen und plapperst mir dein ganzes Leben vor, völlig egal, ob ich es hören will oder nicht.«

Ich wurde unsicher. Etwas, das ich bei mir nicht kannte. Normalerweise war ich die Selbstsicherheit in Person. Ich blieb stehen. Jonas ging zwei Schritte weiter und hielt ebenfalls inne. Als er sich zu mir umdrehte, schaute er traurig drein. Hatte er Tränen in den Augen?

»Es ist wegen Montag, richtig?«, fragte er. Ich nickte.

»Na, sag es schon. Du konntest in Ruhe … in Ruhe …«, seine Stimme brach und ihm lief eine Träne über die Wange. Schnell trat ich zu ihm und umarmte ihn. Zog ihn ganz nah an mich. Er legte seinen Kopf auf meiner Schulter ab. Ich roch sein Deo, das seinen Eigengeruch überdeckte.

»Ja, ich konnte in Ruhe nachdenken und …«

»Du willst es beenden und dich nicht mit einem seelischen Krüppel wie mir abgeben«, beendete er leise meinen Satz. Er war sich meiner immer noch nicht sicher. Ich drückte ihn noch fester an mich. Küsste ihn auf die Schläfe, bevor ich den Druck lockerte. Am liebsten hätte ich ihn in mich gezogen, um ihm so zu verdeutlichen, was ich für ihn empfand. Wie konnte ich ihm nur zeigen, dass er mir wichtig war? Dass das ›Wir‹ für mich wichtig war?

»Nein, Jonas, ich habe dir gesagt, dass ich bleibe, und das werde ich. Du wirst mich nicht los«, flüsterte ich ihm ins Ohr. Er löste sich von mir und ich wischte eine Träne weg, die ihm über die Wange lief.

»Was dann? Sag es mir. Egal, worum es geht.«

»Ich bin mir unsicher, was ich dir sagen kann und was nicht. Ich will dich nicht zusätzlich belasten«, rückte ich mit der Sprache raus. Jonas schaute mich ungläubig an.

»Bitte was? Wenn, dann ist es eher andersherum.« Er schüttelte den Kopf und lachte erleichtert auf. »Ich glaube, das hier kann nur funktionieren, wenn wir beide ehrlich sind. Ehrlich miteinander und ehrlich uns selbst gegenüber.«

Das stimmte zu hundert Prozent. Wie sollten wir den vor uns liegenden Weg schaffen, wenn wir nicht aufrichtig sind? Ich küsste ihn und fühlte mich direkt leichter.

»Ich war lange Zeit nicht ehrlich zu mir. Bitte sei wenigstens du es zu mir«, bat er mich. Ich lächelte ihn an.

»In Ordnung.« Jonas führte uns über einen Weg, der sein Spazierweg war, wie er es nannte. Während ich meine Gedankengänge, Gefühle und Ängste der letzten Tage vor ihm ausbreitete, achtete ich nicht darauf, wo wir lang liefen und war erstaunt, als wir eine Stunde später wieder vor Jonas' Haus standen.

Er hatte sich alles in Ruhe angehört, hier und da Fragen eingeworfen, tauschte sich mit mir aus. Ich hatte das Gefühl, dass wir das erste Mal richtig miteinander redeten und in mir breitete sich Zufriedenheit aus.

Bis Jonas sich mir ganz öffnete, würde es wahrscheinlich eine längere Zeit dauern, aber ich war von Anfang an über jeden Fetzen, den ich über ihn erfuhr, sehr froh und regelrecht gierig danach gewesen.

Nach dem Spaziergang verspürten wir beide Hunger und aufgrund der immer noch hohen Temperaturen entschieden wir uns für ein leichtes Abendessen.

Mit Salat und Wasser setzten wir uns wieder nach draußen in den Garten.

»Ich habe übernächste Woche meinen ersten Termin bei einem Psychologen«, erwähnte Jonas nebenbei, während ich mir eine volle Gabel in den Mund schob und mich prompt verschluckte. Wie konnte er solch eine Neuigkeit so lange vor mir geheim halten und dann nebenbei beim Essen bringen?

»Und das erzählst du erst jetzt? Wie hast du das so schnell hinbekommen? Hat man da nicht eine ewig lange Wartezeit?«, brachte ich nach meinem Hustenanfall hervor und er lachte laut los. Es kam nicht oft vor und ich lächelte.

»Manchmal hilft es, wenn man mit einem Arzt befreundet ist. Ich habe gestern mit Christian telefoniert und er hat mit einer Psychologin im Krankenhaus gesprochen und jetzt kann ich bei ihr eine ambulante Therapie beginnen. Christian geht mit ihr meine Krankengeschichte durch und dann schauen wir, wie es wird.«

»Das ist großartig. Einfach genial«, rief ich erfreut aus.

»Ja, ich bin gespannt, aufgeregt und habe Angst vor dem, was mich erwartet.«

»Was ist mit dem Weg? Ist das in Ordnung? Soll ich mitkommen? Welche Uhrzeit? Wie lange dauert eine Sitzung?« Mir gingen so viele Fragen durch den Kopf und ich wollte sie alle auf einmal loswerden. Ich legte die Gabel an den Tellerrand. Nicht, dass ich sie noch durch den Garten schleuderte bei meiner Freude.

»Jetzt mal langsam.« Jonas hob beschwichtigend die Hand.

»Es ist im Krankenhaus. Kein Problem. Ich war öfter dort und habe Christian in seinen Pausen Gesellschaft geleistet. Mach dir keine Gedanken«, wiegelte er ab. Ich sprang auf, rannte halb um den Tisch und wieder zurück, blieb bei Jonas stehen und nahm ihn in den Arm, drückte ihm einen Kuss auf den Kopf und nahm den Gang um den halben Tisch wieder auf. Dabei sprudelten die Worte aus mir heraus. Das Stillsitzen fiel mir gerade unheimlich schwer. Nach ein paar Minuten hatte ich die Energie rausgelassen und konnte mich wieder setzen. Jonas blieb wie ein Ruhepol auf seinem Platz und beobachtete mich lächelnd, während seine Hand die Gabel hin und her drehte.

Ich ergriff Jonas' freie Hand und drückte sie.

Die Hoffnung, dass Jonas in der Zukunft meine Familie und meine Freunde kennenlernen würde, war gewachsen. Wahrscheinlich nicht morgen und nicht übermorgen, doch irgendwann war es soweit und in diesem Moment war ich so glücklich wie noch nie.

Ich hatte großen Respekt vor dem, was uns erwartete, aber ich war mir in diesem Moment sicher, dass wir es schaffen konnten, und ich freute mich auf die Zeit mit ihm.

»Meinst du, ich kann gleich weiterschreiben? Und ja, eine Suppe klingt gut. Immerhin ist dann Winter und Suppe wärmt. Aber dann musst du ebenfalls Baguette anbieten«, sagte er völlig unvermittelt. Ich brauchte einen Moment, um den Bogen zu spannen.

»Ich denke, dass kriegen wir hin. Du schreibst und ich plane. Und ich nehme den Suppencaterer.« Während ich wieder nach der Gabel griff, schoss mir noch eine Frage durch den Kopf.

»Nein, über das Cover entscheidet der Verlag. Aber ich werde ihnen einen Grafiker empfehlen. Dann wirst du eventuell erfahren, worum es in der Geschichte geht.« Jonas grinste mich an, als ich den Mund öffnete, und fing an zu lachen.

»Verdammt, woher wusstest du, dass ich die Frage stellen werde?« Ich fiel in sein Lachen ein.

»Weil du mich die ganze Zeit löcherst, woran ich schreibe und erst aufgeben wirst, wenn du es weißt.« Er griff nach meiner Hand und drückte mir einen Kuss darauf, bevor er weiter aß.

Er kannte mich schon sehr gut, auch wenn er am Anfang viel Desinteresse vorgetäuscht hatte. Von wegen, er wollte mich loswerden. Still und leise hatte er jede Information von mir aufgenommen, die ich ihm hingehalten hatte. Es konnte nur besser werden und darauf freute ich mich.

15

Erik hatte mir Zeit zum Atmen gegeben und auch die zweite Nacht in Folge zu Hause verbracht. Ich musste über seine Gedanken und Gefühle nachdenken. Bisher hatte es nur mich gegeben, und ich hatte mich so sehr daran gewöhnt, alles zu verdrängen, dass es sich am Nachmittag merkwürdig angefühlt hatte, als wir beim Spaziergang darüber gesprochen hatten. Meine Gefühle waren nichts, über das ich mit anderen sprach. In ganz seltenen Fällen mit Christian. Und jetzt kamen auf einen Schlag die von Erik hinzu, die eng mit mir und meinen Ängsten verknüpft waren.

Die Tage seit Montagabend waren nicht leicht für mich gewesen. Nach einer Panikattacke brauchte ich immer mehrere Tage, bis sich in mir die Unruhe legte und ich zu meiner gewohnten Sicherheit zurückfand. Die letzte richtige Attacke war bereits drei Jahre her, umso herausfordernder war es für mich.

Aber dieses Mal hatte sie mir gezeigt: So konnte es nicht weitergehen. Ich konnte mir nicht länger vormachen, dass ich mein Leben im Griff hatte und wollte auch nicht, dass Erik noch einmal eine solche Attacke erleben musste. Auch wenn er nicht wirklich etwas gesagt hatte, ich hatte es in seinen Augen gesehen, wie sehr ihn das mitgenommen hatte.

Außerdem war durch Erik in mir etwas in Bewegung gekommen. Durch das Aufschreiben meiner eigenen Geschichte war mir zudem klar geworden, wie kontrolliert ich mein Leben führte, wie wenig Raum ich mir selbst zugestand. Und das wollte ich ändern. Meine Vermeidungstaktiken hatten funktioniert, solange niemand anderes in meinem Leben präsent war. Aber nun gab es Erik. Und ich mochte ihn in meinem Leben.

Wenn ich an den Therapietermin nächste Woche dachte, wurde mir anders. Da hieß es definitiv, sich mit Problemen auseinanderzusetzen. Wie würde es sein, mit einem Fremden über meinen Unfall zu sprechen? Ich konnte nicht einmal flüssig mit Erik oder Christian darüber reden. Aber wie Christian sagte, Psychologen waren dazu ausgebildet, anderen zu helfen und keine perfekten Vorträge zu hören.

Ich trank einen Schluck von meinem Kaffee und starrte auf den Laptop, der auf dem Schreibtisch in meinem Büro stand, während ich im Türrahmen lehnte. Eigentlich sollte ich schreiben, aber mir kam es gerade so ruhig vor. Zu ruhig. Die letzten Morgen waren geprägt gewesen von Eriks Betriebsamkeit, bevor er zur Arbeit musste. Durch ihn hatte ich mir einen anderen Tagesrhythmus angewöhnt. Ich schrieb meist nicht mehr bis mitten in der Nacht und schlief dann aus, sondern konzentrierte mich auf die Vor- und Nachmittage. So hatte ich Zeit, seinen Feierabend und die Nacht mit Erik zu verbringen.

Wieder nahm ich einen Schluck aus der Tasse, drehte mich um und beschloss, erst mal laufen zu gehen, um den Kopf freizubekommen.

Noch immer saß die Angst, von Erik verlassen zu werden, tief. Was war, wenn die Therapie nicht half? Wie würde er auf Dauer damit umgehen, wenn er überall alleine hingehen musste? Sollte ich ihn überhaupt meinen Freunden oder meiner Familie vorstellen?

Ich wollte nie, dass sich jemand mit meinen Problemen

belastete, und jetzt hatte ich ihn voll mit reingezogen. Auch wenn er sagte, dass es ihm nichts ausmachte, hatte ich ein mieses Gewissen deswegen.

Als ich mich umgezogen hatte, klingelte mein Handy. Kurz überlegte ich, es zu ignorieren. Um diese Uhrzeit rief niemand an, mit dem ich reden wollte, ich schaute aber trotzdem schnell drauf. Erik. Das klopfende, verräterische Etwas in meiner Brust machte tatsächlich einen Satz, als ich den Namen las. Mit dem wollte ich reden.

»Guten Morgen«, begrüßte ich ihn.

»Gut geschlafen?«, entgegnete er und ein Lächeln breitete sich in meinem Gesicht aus, als ich seine Stimme hörte. Und ja, ich würde behaupten, dass sich in meinem Bauch auch Schmetterlinge befanden.

»Ja, wollte gerade laufen gehen. Versteckst du dich wieder in einer Ecke zum Telefonieren?«

»Natürlich nicht«, widersprach er mir entrüstet. »Ich bin vielleicht im Kopierraum und mache wichtige Kopien für einen Kunden«, gestand er und ich hörte das Grinsen aus den Worten heraus, allerdings war es im Hintergrund merkwürdig still.

»Ihr habt einen sehr ruhigen Kopierer«, konnte ich mir nicht verkneifen. »Kommst du nach der Arbeit zu mir?«

»Na klar. Ich muss nur kurz zu Hause vorbei. Soll ich uns was zu essen mitbringen?«

»Nein, ich hätte Lust zu kochen. Wir finden bestimmt etwas in meiner Küche.« Ich lehnte an der Wand im Flur und schaute auf meinen Fuß der Kreise auf dem Boden zog.

»Gut, bis später. Muss mal Kopien machen, sonst fragen die Kollegen sich, was ich hier gemacht habe.« Ich lachte laut los.

»Dann kopier mal schön fleißig. Bis später.« Wir legten auf und ich war überrascht darüber, welche Ruhe es mir vermittelte, mit Erik gesprochen zu haben. Die Gewissheit, dass er angerufen hatte. Wärme breitete sich in mir aus.

»Wer an einem nicht interessiert ist, ruft nicht an, oder?«, redete ich mir gut zu.

Lächelnd begab ich mich endlich auf meine Laufrunde.

~

Am späten Nachmittag holte mich das Klingeln an der Wohnungstür aus meinem Manuskript, an dem ich fast ohne Unterbrechung seit dem Vormittag gesessen hatte. Mein Nacken und die Schultern bedankten sich für die Pause und ich dehnte mich kurz, bevor ich aufstand. Der Klingler an der Tür begann jetzt ein Konzert und ich ärgerte mich darüber, dass keiner mehr Geduld hatte. Alles musste ruckzuck gehen, dabei war ich mir sicher, dass Erik vor der Tür stand.

»Hast du geschlafen? Ich stehe schon eine Ewigkeit vor der Tür«, begrüßte er mich und drückte mir einen schnellen Kuss auf die Lippen. »Ich habe uns Gehacktes und Kartoffeln mitgebracht. Wir könnten Buletten und Matschkartoffeln machen. Was hältst du davon? Hatte Hunger drauf«, quasselte er weiter, während er sich an mir vorbeischob und in der Küche verschwand. Seufzend schloss ich die Tür und folgte ihm. Manchmal überrollte er mich mit seinem Tempo und ich brauchte zwei, drei Minuten, um wieder auf seiner Höhe angelangt zu sein. Aber es war nicht mehr so schlimm wie am Anfang.

In der Küche war Erik dabei, die Tasche auszupacken. Neben den Lebensmitteln entdeckte ich einige DVDs und nahm eine in die Hand.

»Ich dachte mir, wir könnten mit den Marvel-Filmen

beginnen. Da du ja kaum welche kennst, werde ich dich in die Welt von Spider-Man, Captain America und Black Panther einführen«, beantwortete er mir die unausgesprochene Frage und sah kaum von seiner Tätigkeit auf.

»Oder möchtest du das nicht?«, schob er schnell hinterher und sah mich dabei an.

Ich lächelte ihm zu. »Finde ich gut. Dann lass uns heute Abend beginnen.«

Mittlerweile hatte er ein Brettchen und Messer vor sich liegen und suchte etwas. Er zog Schubladen auf und stieß sie wieder zu, öffnete die Schränke und ließ die Türen zufallen.

»Kann ich dir behilflich sein?« Ich konnte mir ein Schmunzeln nicht verkneifen darüber, wie wohl Erik sich bereits bei mir fühlte.

»Ja, ich benötige Zwiebeln, und hast du Paniermehl? Dann nehmen wir das statt alten Brötchen, und ein Ei kannst du mir auch geben.«

»Jawohl, Chef.«

Ich stellte ihm das Gesuchte hin, während er das Gehackte in eine Schüssel packte. Danach begann er, der Zwiebel die Schutzschicht abzuziehen. Ich lehnte mich mit dem Rücken gegen die Küchenplatte, sodass ich ihm bequem ins Gesicht sehen konnte, und kreuzte meine Arme vor der Brust.

»Was hältst du davon, Kartoffeln zu schälen?«, fragte er mich, als er aufschaute.

»Wenn du mich schon so fragst, nein«, antwortete ich ihm mit einem Schmunzeln, stieß mich aber von der Kante ab, holte mir ein Messer und griff nach einer Kartoffel.

16

Es war Dienstagabend und Erik und ich lagen nebeneinander im Gras und starrten in den Himmel. Unsere Schultern berührten sich und wir hatten unsere Finger ineinander verschränkt. Erik hatte nur eine Badehose an, während ich Shirt und kurze Hose trug.

Er war im See schwimmen gewesen, der in der Nähe meines Wohnhauses lag und an dessen Ufer wir nun im Gras lagen. Vereinzelte Badegäste waren noch da, doch die Familien waren mittlerweile alle wieder nach Hause gegangen, es war Abendbrotzeit. Wir genossen die Stille um uns, das abendliche leise Zwitschern der Vögel und das Rauschen der Bäume.

Wahrscheinlich war es eine der letzten Gelegenheiten in diesem Sommer noch einmal schwimmen zu gehen. Ab morgen verhieß der Wetterbericht viel Regen und kühlere Temperaturen.

»Schau mal, da galoppiert ein Pferd entlang.« Erik zeigte mit der Hand in den Himmel auf eine der Wolken, die über uns hinwegzogen. Ich versuchte herauszufinden, welche er meinte, war mir aber nicht sicher.

»Also ich würde ja eher sagen, die traben«, erwiderte ich und hielt meine Antwort allgemein. Für mich sahen sie alle gleich aus.

»Du hast keinen blassen Schimmer, welche ich meine, oder?« Erik lachte los. Zerknirscht wandte ich ihm mein Gesicht zu und schaute ihn an. Er blickte immer noch in die Wolken.

»Nö. Für mich sind es größere Wattebausche, die man nicht greifen kann«, gestand ich ihm. Jetzt blickte er mich auch an und runzelte die Stirn.

»Versteh ich nicht. Du hast doch Fantasie, schreibst all die tollen Bücher. Wie kannst du dann das nicht erkennen?«

»Na ja, schreiben und Formen in der Natur sehen, sind schon zwei unterschiedliche Dinge, oder?«

Er schien kurz darüber nachzudenken. »Vielleicht hast du recht. Ich könnte auch nicht aus dem Stegreif schreiben.«

Ich rückte mit dem Kopf näher an Erik und küsste ihn, dann blickten wir wieder in den Himmel und meine Gedanken schweiften ab.

Morgen hatte ich meinen ersten Termin bei der Therapeutin. Bei dem Gedanken daran wurde mir mulmig und es zog sich alles in mir zusammen. Ich hatte keinen blassen Schimmer, was mich erwartete, und ich musste dem Drang widerstehen, den Termin abzusagen. Ich war mir sicher, wenn ich es nicht durchzog, würde ich nie mehr den Mut aufbringen. Ich ließ seine Hand los und spielte mit seinen Fingern, während die andere Hand einen unruhigen Rhythmus ins Gras klopfte.

»Morgen«, sagte ich und seufzte. Erik rutschte näher heran und legte sein Bein an meines. Mit seinem Fuß begann er mit meinem zu spielen. Wie gut, dass ich die Schuhe ausgezogen hatte.

»Ich kann mir immer noch freinehmen und mitkommen«, bot er zum tausendsten Mal an.

»Das kriege ich schon hin. Ich kenne den Weg ja«, wehrte ich ihn erneut ab. Aber es war gut zu wissen, dass er da war, und ein klein wenig Sicherheit regte sich in mir. Ein Fünkchen Gewissheit, dass er es ernst meinte mit mir, breitete sich in mir aus.

Ich drehte mich auf die Seite, stützte den Kopf mit der Hand ab und konnte ihn bequem ansehen. Er blickte direkt in meine Augen und ich lächelte. Mit der freien Hand versuchte ich eine widerborstige nasse Strähne aus seiner Stirn zu streichen.

»Hast du Angst?«, fragte er mich. Ich grinste, als mir klar wurde, dass meine direkte Art auf ihn abfärbte. Vor ein paar Wochen hätte er mich das nicht gefragt, sondern drumherum geredet oder besser noch ein neues Thema eröffnet. Wenn ich ehrlich war, wären meine Sorgen bezüglich der Therapie gar nicht zur Sprache gekommen, weil keiner von uns es angesprochen hätte. Trotzdem hätte er sich wahrscheinlich Gedanken darüber gemacht.

»Ein bisschen.« Er schaute mich forschend an. Es war eindeutig, dass er mir nicht glaubte. Ich verdrehte die Augen. »Na gut, ein bisschen mehr.« Es war für mich verdammt schwer, mit ihm darüber zu reden, laut zuzugeben, dass mir die bevorstehende Stunde eine Heidenangst einjagte.

»Meldest du dich danach?«, fragte er und streichelte mit dem Handrücken über meinen Oberarm.

»Ich versuche es«, wich ich einer Zusage aus. Am Sonntag hatte ich mit Christian über die Therapie gesprochen und er hatte mir klargemacht, dass es passieren konnte, dass es hinterher nicht sofort besser war, sogar eher schlechter. Aber die ersten Stunden würde man eher seichter angehen, sich langsam dem eigentlichen Problem nähern. Änderte nichts an der Tatsache, dass ich auch davor Angst hatte. Es fiel mir einfach nicht leicht, über mich zu sprechen.

Mit dem Zeigefinger fuhr ich die Konturen von Eriks Lippen nach und er küsste meinen Finger.

»Dann gib mir Bescheid, ob ich morgen nach der Arbeit kommen darf oder lieber zu Hause bleiben soll, in Ordnung?«, bat er mich. Ich nickte zur Bestätigung und beugte mich zu ihm, um ihn zu küssen. Unterbrochen wurde der Kuss von seinem Magen, der lautstark knurrte und nach Essen verlangte.

Lachend ließ ich von ihm ab. »Wir sollten nach Hause und essen, nicht, dass du mir vom Fleisch fällst«, schlug ich vor und klopfte ihm liebevoll auf seinen Bauch.

»Das wäre sehr schade. Jedes Pfund ist hart erarbeitet«, entgegnete er ebenfalls lachend. Dann erhob er sich und zog sich an.

Diese Situation hier kam mir unwirklich vor wie in einem tollen Traum, aus dem ich gleich erwachen würde und nichts von alldem war wirklich passiert. Ich hätte nie gedacht, dass ich mal jemanden haben würde, mit dem ich scherzen konnte, aber hier war er. Der Erste, der sich nicht von mir und meinem abweisenden Verhalten vertreiben ließ. Was sollte ich bloß machen, wenn er doch irgendwann genug von mir hatte und es beendete?

Ich hielt kurz inne beim Falten der Badetücher und betrachtete Erik, der sich anzog. Schnell unterdrückte ich den Gedanken, um ihm erst gar keinen Raum zu schaffen. Ich wollte mir, wenn auch nur kurz, einmal im Leben zugestehen, glücklich zu sein.

»Lass uns gehen, habe wirklich Hunger«, holte er mich aus meinen Gedanken und wir machten uns auf den Weg.

～

Ich hatte eine schlaflose Nacht hinter mir, in der ich mich nur hin und her gewälzt hatte. Die Ungewissheit vor dem, was mich heute erwartete, hielt mich wach. Dadurch hatte ich ständig Erik geweckt, der natürlich schlafen wollte. Beim Frühstück saßen wir schweigend beide mit kleinen Augen am Tisch und schütteten den Kaffee literweise in uns hinein, in der Hoffnung, wacher zu werden.

Aber bei mir bewirkte das Koffein nur, dass ich noch hibbeliger wurde, als ich sowieso schon war. Zu allem Überfluss warf ich meine halb volle Tasse um.

Spätestens da dachte ich, gleich würde Erik ausflippen, so muffig, wie er war. Er blieb jedoch ruhig, holte einen Lappen und wischte die Sauerei weg. Danach verschwand er allerdings im Flur und ließ mich mit dem Abräumen des Tisches allein.

»Die restlichen eventuell anfallenden Missgeschicke überlass ich dir«, brummte er nur und küsste mich zum Abschied. »Vergiss nicht, dich zu melden, wenn ich nicht kommen soll. Ansonsten schlag ich nach der Arbeit hier wieder auf«, rief er aus dem Flur. Ich saß wie ein bedröppelter Hund am Tisch und wartete auf das Geräusch der sich schließenden Wohnungstür.

Doch stattdessen erschien Erik noch einmal im Türrahmen. »Keine Ahnung, ob man bei so etwas Glück wünscht. Ich wünsche dir einfach das, was man in so einem Fall wünscht. Bis nächste Woche weiß ich das. Versprochen.«

Dann kam er noch einmal zu mir, umarmte mich und drückte mir einen Kuss auf den Kopf. Ich griff nach seinen Armen und umklammerte sie. Am liebsten hätte ich ihn nie mehr losgelassen und geweint. Ich hatte keine Ahnung, warum.

»Danke dir. Nun aber los, sonst bekommst du wieder Ärger mit deinem Chef«, brachte ich heraus, bevor ich tatsächlich noch anfing zu weinen.

»Bin ja schon weg, Stoffel«, lachte er und keine zehn Sekunden später hörte ich die Tür ins Schloss fallen.

Da saß ich nun und starrte auf den Tisch. Ich hatte von der Scheibe Brot auf meinem Teller ganze zweimal abgebissen. Zu mehr Nahrungsaufnahme war mein Magen nicht fähig. Der krampfte sich nur zusammen.

Ich atmete tief ein, stand auf und räumte den Tisch ab. Danach hatte ich immer noch eine Stunde Zeit und tigerte in der Wohnung umher. Stellte die Bilder im Wohnzimmer um, klopfte die Kissen auf dem Sofa auf, ignorierte mein kontinuierlich schneller klopfendes Herz, je weiter der Uhrzeiger vorrückte.

Viel zu früh zog ich Schuhe an, griff nach Schlüssel und Portemonnaie und machte mich auf den Weg. Erst im Auto fiel mir auf, dass ich meine Brille zum Autofahren vergessen hatte. Ich ließ den Kopf aufs Lenkrad sinken, traf die Hupe und zuckte zusammen. Ich musste mich definitiv konzentrieren, sonst baute ich noch einen Unfall auf dem Weg zum Krankenhaus. Rasch holte ich die Brille und fuhr los.

Auf der Fahrt begannen meine Hände zu schwitzen und ich konnte meinen Puls nicht beruhigen. Fehlte nur noch, dass ich im Auto eine Panikattacke bekam. Aber der Felsbrocken auf der Brust meldete sich nicht, was ich zumindest als gutes Zeichen verbuchte.

Immer wieder atmete ich tief ein, versuchte, meine Nervosität abzustellen. Ich war froh, dass ich den Weg zum Krankenhaus ohne Probleme hinter mich bringen konnte.

Als ich auf dem Parkplatz stand, starrte ich auf das Lenkrad. Meine Hände wollten es nicht loslassen. Sie bewegten sich nicht. Ich lehnte mich in den Sitz.

»Ganz ruhig. Es ist total einfach. Du steigst aus dem Auto, deine Füße tragen dich ins Gebäude. Dann begibst du dich in den neuen Trakt in den zweiten Stock und fragst nach Dr. Gruber. Das schaffst du«, redete ich laut mit mir in dem Versuch, mich selbst auszutricksen. Mein Bauch hingegen schrie: Hau ab hier!

Ich schloss für einen kurzen Moment die Augen. Worauf hatte ich mich nur eingelassen? Wieso nur war Erik aufgetaucht und musste mir vor Augen führen, dass mein überschaubares Leben genau das war?

Als Nächstes tauchte das Bild von uns beiden gestern Abend am See wieder auf, das Glück, das ich mit ihm dort empfand und erneut fühlen wollte. Erik, der meine Hand hielt und mich anblickte, als gäbe es nichts Begehrenswerteres als mich. Ich musste zur Therapie, wenn ich den nächsten Schritt machen wollte, mit ihm essen gehen in einem Restaurant seiner Wahl, oder vielleicht doch ins Kino.

Ich verharrte fast fünf Minuten so im Auto, bis ich es endlich schaffte, auszusteigen. Ich konnte nicht genau sagen, wie ich es überhaupt auf die Station geschafft hatte. Meine Hände zitterten, als ich ankam und man mich bat, noch einen Moment im Wartezimmer Platz zu nehmen.

Kurz hatte ich überlegt, erst bei Christian vorbeizugehen. Ich wusste, dass er heute Dienst hatte, aber wahrscheinlich stand er im OP und rettete ein Leben.

Nervös strich ich immer wieder über meine Hose. Außer mir saßen noch vier weitere Personen im Raum auf diesen quietschorangen Stühlen, die sich von den weißen Wänden abhoben. Erik hätte seine Freude an der Farbe. Er liebte alles Farbenfrohe. Ich hörte ihn sogar vorschlagen, dass wir die Stühle für mein Büro kaufen sollten. Ein Lächeln schlich sich auf meine Lippen. Der Teufelskerl hatte es doch tatsächlich geschafft, sich in mein Herz zu schleichen.

Vor der Tür auf dem Gang ging es ruhiger zu als bei Christian auf der Notfallstation. Man sah kaum Menschen vorbeilaufen. Aber wenn ich Schritte hörte, blickte ich sofort zur Tür, immer in der Erwartung, aufgerufen zu werden.

Wieder quietschten die typischen Schuhe des Krankenhauspersonals über den Flur. Ich schluckte und verknotete meine Hände in meinem Schoß. Als ich aufsah, erschien Christian in seiner weißen Arztkluft im Türrahmen, lächelte mich an und setzte sich zu mir.

»Hey, dachte schon, ich hätte dich verpasst«, begrüßte er mich und ich umarmte ihn nur. »Bist du aufgeregt?«, fragte er mich leise und ich nickte, als ich ihn losließ, aber weiter anschaute.

Aus dem Augenwinkel bekam ich mit, wie die anderen Wartenden uns neugierig beobachteten. Sie taten nicht einmal so, als ob es sie nicht interessieren würde, was wir wohl miteinander zu besprechen hatten.

Christian lächelte mich an und legte eine Hand auf meinem Knie ab. »Du schaffst das schon. Mach dir keine Gedanken. Wie ich dir bereits sagte, heute geht es sowieso nur ums Kennenlernen. Sie wird dir ein paar Fragen stellen, warum du hier bist und die Therapie machen möchtest, solche Sachen.«

»Danke dir, dass du gekommen bist.« Ich legte automatisch meine Hand auf seine und die Wärme seiner Haut gab mir Kraft. Mir war egal, welches Bild wir gerade abgaben. Ich brauchte ein vertrautes Gesicht und Christians ruhige Art. Wahrscheinlich würde ich die Leute sowieso nie wiedersehen.

»Herr Herber?« Unbemerkt von mir war eine Frau an uns herangetreten. Ich schreckte auf und schaute zu ihr hoch. Sie lächelte mich freundlich an.

»Hallo Christian«, begrüßte sie nun auch ihn.

»Hey Doris.«

Dann wandte sie sich wieder mir zu. »Ich bin Dr. Gruber. Wenn Sie soweit sind, Herr Herber, können wir beginnen.«

Ein letztes Mal blickte ich zu Christian, atmete durch, erhob mich und folgte ihr. Mein zwischendurch runtergefahrener Puls schnellte wieder in die Höhe.

Wir passierten nur zwei Türen, bis wir durch die dritte in ein Büro kamen. Es wirkte nicht wie ein Behandlungszimmer, sondern ähnelte fast meinem Büro zu Hause. Dr. Grubers Schreibtisch stand schräg in einer Ecke, in der Nähe eines der zwei Fenster, die sich gegenüber der Tür befanden. Auf der anderen Seite bei dem zweiten Fenster gab es eine kleine Sitzecke mit zwei Sesseln, auf die sie nun wies.

»Bitte nehmen Sie doch Platz. Möchten Sie ein Wasser?«

»Ja«, antwortete ich ihr rau, räusperte mich und schaute die Sessel an, unfähig mich zu entscheiden, welchen ich auswählen sollte.

»Ich sitze gerne in dem Linken«, bemerkte sie mit einem Lächeln in der Stimme, während ich sie hinter mir hantieren hörte. Gläser klirrten leise aneinander.

Erleichtert setzte ich mich in den rechten Sessel und wischte wieder meine Hände an der Hose ab. Während die Ärztin noch die Wassergläser füllte, sah ich mich um. Mir gegenüber stand ein Schrank, eingerahmt von Regalen, die voller Bücher waren.

Frau Dr. Gruber hielt mir ein volles Glas Wasser hin und ich griff dankbar danach. Leerte es fast in einem Zug, so ausgetrocknet fühlte ich mich auf einmal, und stellte es auf dem kleinen Tisch neben mir ab.

Sie schenkte nach und ich betrachtete sie genauer. Sie war definitiv älter als ich. Ihre kurzen Haare waren durchzogen von grauen Strähnchen und um ihre Augen hatten sich Lachfältchen eingegraben.

Bevor sie sich hinsetzte, ging sie noch einmal zu ihrem

Schreibtisch und kam mit einer schwarzen Kladde und einem Stift zurück.

»Wenn Sie bereit sind, würde ich Ihnen heute nur ein paar Fragen stellen«, begann sie, als sie sich mir gegenüber gesetzt hatte. »Sie erzählen ein wenig von sich und wir machen weitere Termine aus, wenn Sie das wünschen.« Ich nickte wieder. Saß kerzengerade in meinem Sessel und traute mich nicht, mich anzulehnen.

Mir stieg ein eigenartiger Geruch in die Nase. Ich kannte ihn, konnte ihn aber nicht zuordnen. Auf jeden Fall roch es in diesem Raum nicht nach Desinfektionsmittel, worüber ich dankbar war. Seit meinem Unfall verband ich den Geruch mit Schmerz. Wie ich es trotzdem schaffte, Christian regelmäßig im Krankenhaus zu besuchen, war mir immer noch schleierhaft.

»Wollen wir beginnen?«, fragte Frau Dr. Gruber und ich konzentrierte mich wieder auf sie.

»Ja, bitte.«

»Schön. Dann fangen wir ganz einfach an. Warum sind Sie zu mir gekommen?«

Einfach? Das nannte sie einfach? Wo sollte ich anfangen? Meine Hände verkrampften sich in meinem Schoß. Ich hatte das Gefühl, keinen klaren Gedanken mehr fassen zu können. Sag irgendetwas, redete ich mir innerlich gut zu. Gleichzeitig fragte ich mich immer noch, was das nur für ein Geruch war.

»Angst. Ich habe Angst«, sagte ich schlicht.

»Wovor haben Sie Angst?«, hakte sie nach.

Vor allem schrie es in mir.

»Vor Menschen, unbekannten Wegen und Situationen.« Sie nickte, während sie sich Notizen machte. Zumindest nahm ich an, dass es Notizen waren.

Wald. Es roch hier nach Wald, fiel mir jetzt ein. Es war ein Gemisch aus Erde, Holz und Laub. Sie musste mit Raumdüften arbeiten. Die Erkenntnis, dass mein Gehirn wieder begann, Informationen zu verarbeiten, beruhigte mich ein klein wenig.

»Ich habe mich sehr lange dagegen gewehrt, einen Termin zu machen. Und als er stand, hatte ich so viel Angst davor, dass ich ihn fast wieder abgesagt habe.«

»Das verstehe ich gut. Es ist ein großer und wichtiger Schritt für Sie, diesen Weg zu gehen. Können Sie mir sagen, wie Sie sich jetzt fühlen?«

Eine Frage, die ich nicht auf Anhieb beantworten konnte. Es durchliefen mich so viele Empfindungen, dass ich sie schwer in Worte fassen konnte.

»Ich ... ich bin aufgeregt, nervös. Es ...«, ich brach ab und blickte auf meine Hände.

»Es ist in Ordnung, wenn Sie nicht darüber reden möchten«, wiegelte sie ab und ich atmete tief ein.

»Erzählen Sie ein wenig von sich. Wer sind Sie, was haben Sie schon alles in Ihrem Leben erlebt und was möchten Sie vielleicht noch schaffen? Ich möchte gerne wissen, mit wem ich hier zusammensitze«, forderte sie mich freundlich auf.

Wieder überlegte ich, wo ich beginnen sollte, und beschloss, mit den bestehenden Fakten anzufangen. Also erzählte ich ihr von meinem Autorenleben, dass ich meinen Job dafür aufgegeben hatte gegen den Widerstand meiner Eltern, und wie sich mein Leben jetzt abspielte.

Sie hörte aufmerksam zu, zwischendurch schrieb sie Kleinigkeiten auf. Jedes Mal, wenn ich eine Pause einlegte, trank ich einen Schluck.

Im Laufe der Zeit entspannte ich langsam, lehnte mich vorsichtig im Sessel zurück und konnte meine Hände locker auf den Oberschenkeln ablegen. Ehe ich mich versah, war die Stunde um. Ich bemerkte es aber nur deswegen, weil Frau Dr. Gruber ihre Kladde zugeklappt auf dem kleinen Tisch neben ihrem unberührten Glas ablegte.

»Was halten Sie davon, wenn wir den nächsten Termin ausmachen?«, schlug sie vor, stand auf und setzte sich an ihren Schreibtisch.

»Ja, gerne«, antwortete ich irritiert darüber, wo die Zeit geblieben war. Woher wusste sie, dass wir fertig waren? Ich blickte mich um, fand aber keine Uhr. Sie trug auch keine Armbanduhr.

»Wir können uns gerne die nächsten zehn Wochen immer mittwochs um dieselbe Zeit wie heute treffen. Passt das bei Ihnen?«, bot sie an.

»Natürlich.« Dem Dokument in meinem Laptop zu Hause war es egal, wann ich es füllte.

»Wunderbar. Ich freue mich darauf, Sie nächste Woche wiederzutreffen.« Sie lehnte sich im Stuhl zurück, legte ihre Arme auf den Stuhllehnen ab und blickte mir direkt in die Augen. »Was ich Sie noch fragen wollte. Hatten Sie keine Angst, als Sie Ihre sichere Stelle im Rathaus gekündigt und sich als Autor ohne große Einnahmen selbstständig gemacht haben?«

Die Frage traf mich unvorbereitet und ich klopfte mit meinen Fingern gegen meine Beine. Darüber hatte ich noch nie nachgedacht. Das war für mich eines der logischsten Dinge in meinem Leben, die ich jemals getan hatte. Ich wollte schreiben, seit ich fünfzehn war und mit meinem Vollzeitjob konnte ich das nicht.

»Nein ... nein, nie. Es war das, was ich immer schon machen wollte und bewusst entschieden habe. Ich war mir damals darüber im Klaren, dass ich hart arbeiten müsste, aber ich wusste auch in jeder Minute, dass ich es schaffen würde.« Meine Antwort überraschte mich selbst. Es stimmte. Ich hatte zu jeder Zeit gewusst, dass ich es schaffen konnte. Es war mein Traum gewesen und den hatte ich mir erfüllt.

Frau Dr. Gruber lächelte. »Sie sind ein sehr mutiger Mann, wissen Sie das eigentlich? Denken Sie mal darüber nach.« Sie erhob sich und ich stand mechanisch mit ihr auf. »Wir sehen uns nächste Woche wieder.« Mit diesen Worten kam sie auf mich zu und hielt mir die Hand hin.

»Ich, äh, mutig?«, stammelte ich nur, schüttelte die dargereichte Hand. Wir verabschiedeten uns und ich verließ das Büro.

Wie kam sie darauf? Das musste ich sacken lassen. Ich tat, was ich für richtig hielt, war das mutig? Ich kam mir alles andere als mutig vor. Im Gegenteil, eher wie ein verängstigtes Mäuschen, das seinen Schutzraum verlassen hatte.

Und trotzdem, als ich auf dem Gang vor dem Büro stand, schaute ich mich bewusst um. Die Aufregung von heute Morgen war verschwunden. Ich hatte die erste Stunde überstanden und das Gefühl, meine Umgebung erst jetzt wahrzunehmen. Alles war so klar und nicht mehr verschwommen. Es war nicht leicht, mit einer Fremden zu reden. Aber ich hatte den ersten Schritt getan.

Ein Hochgefühl erfasste mich und auf meinem Weg in die Notaufnahme fühlte es sich an, als ob ich schwebte. Als sich die Tür zu Christians Station hinter mir schloss, kam mir ein vertrautes Gesicht entgegen.

»Hallo Jonas. Christian ist im Arztzimmer«, begrüßte mich

Laura, eine der jungen Krankenschwestern, die in der Ausbildung war.

»Danke dir.« Ich ging den Gang zur Hälfte hinab, bis ich die richtige Tür erreichte. Es war erstaunlich ruhig. Das Wartezimmer war fast leer und mir begegneten keine weiteren Personen. Schier unheimlich.

Gerade als ich an die Tür klopfen wollte, öffnete sich diese und ein unbekannter Arzt mit nach hinten gebundenen dunklen Haaren stand mir gegenüber.

»Hallo«, sagte er, als ich ihn nur anstarrte. Er rückte seinen Kittel zurecht. Im Hintergrund sah ich Christian, wie er selbst sein weißes Shirt runterzog.

»Störe ich?«, fragte ich nur süffisant.

Christian horchte auf, drehte sich um und grinste. »Nö, komm rein.«

Der unbekannte Arzt trat beiseite und ließ mich ein.

»Jonas, das ist Lars, der Chirurg. Lars, Jonas«, stellte er uns vor und wir gaben uns die Hand.

»Ich lass euch mal alleine, muss wieder auf die Station«, meinte Lars kurz angebunden und verschwand. Ich schaute überrascht die sich schließende Tür an, so schnell war er weg.

»Wie war es?«, fragte Christian und ging nicht weiter auf Lars, oder was hier vorher geschehen war, ein. Gut, wenn er nicht wollte, ließ ich es auch auf sich beruhen. Sein Grinsen sprach sowieso Bände.

Ich setzte mich mit ihm an den Tisch und fasste das Gespräch zusammen. Als ich fast am Ende war, ging sein Pieper und er musste los. Er drückte mich noch kurz zum Abschied und beeilte sich, zum Notfall zu kommen.

Da saß ich jetzt also allein mit meiner Hochstimmung. Und

zum ersten Mal seit Ewigkeiten wollte ich das nicht. Seufzend erhob ich mich, ging zu meinem Auto und fuhr nach Hause. Von dort rief ich Erik an und bat ihn, früher Feierabend zu machen. Den restlichen Tag wollte ich ihn bei mir haben. Mit ihm schlafen, reden, kochen und einen Marvel-Film schauen, wenn ihm danach war.

Epilog

Ich hatte einen Parkplatz direkt gegenüber von Eriks Haustür gefunden und suchte nach meinem Handy. Heute fand seine Eröffnungsfeier statt, zu der ich immer noch nicht wollte. Es waren mir zu viele Menschen dort, die ich nicht kannte.

Auch wenn meine Therapie gut lief, war es trotzdem nicht leicht für mich, auf eine Party zu gehen und fremde Menschen zu treffen, die ich überhaupt nicht einschätzen konnte.

Allerdings waren Erik und ich in der letzten Woche zum ersten Mal in einem kleinen japanischen Restaurant gewesen, in dem ich den Raum hatte überblicken können. Es war wie ein riesiger Meilenstein, den ich auf einem langen Weg geschafft hatte.

Der letzte Monat war hart für mich gewesen. Frau Dr. Gruber und ich stießen zu meinem Unfall, besser Überfall vor. Sie war der Meinung, ich sollte es nach dem benennen, was es gewesen war: ein Überfall. Nach den Sitzungen, in denen es konkret darum ging, vergrub ich mich stundenlang in meinem Bett und ließ auch Erik nicht an mich heran.

Ich redete tagelang bis auf Alltägliches nicht mit ihm. Trotzdem wich er nicht von meiner Seite. Nahm mich in den Arm, wenn ich weinte, und ließ mich in Ruhe, wenn ich ihn wegschickte.

Dann gab es aber auch die Wochen, in denen ich euphorisch und aufgekratzt nach Hause kam. An diesen Tagen war ich mir sicher, irgendwann würde ich mit Erik in den Urlaub fahren.

Erneut durchwühlte ich alle Taschen meiner dicken Winterjacke. Wo hatte ich nur das dumme Handy hingesteckt? Es musste doch hier irgendwo stecken. Ich griff nach meinem Rucksack, fand es in der Vordertasche und rief über die Schnellwahltaste Erik an. Es tutete lange.

»Ist etwas passiert?«, fragte er besorgt, als er endlich abnahm. Ich hörte Stimmengewirr und leise Musik bei ihm im Hintergrund. Dann eine Tür, die geöffnet und geschlossen wurde und auf einmal war es still.

»Nein. Wieso fragst du?«, antwortete ich seelenruhig. Ich schaute zur ersten Etage des Wohnhauses auf. Da musste er wohnen, zumindest hatte er es mal erzählt. An den Fenstern sah ich hin und wieder Menschen vorbeilaufen. Hinter einem von ihnen musste jetzt Erik stehen mit seinem Handy in der Hand am Ohr. Ich sah ihn direkt vor mir, wie er sich durch die Haare fuhr, so wie er es immer machte, wenn er besorgt war.

»Weil du anrufst.«

»Ich rufe wegen deiner Party an. Zieh dir eine Jacke an und komm vors Haus. Da habe ich eine Überraschung für dich platziert.«

Es wurde kurz ruhig auf der anderen Seite der Leitung, nur weil ich ihn atmen hörte, wusste ich, dass er noch da war.

»Okay«, antwortete er und ich legte auf.

Es kribbelte vor lauter Vorfreude in meinem Bauch. Was er wohl sagen würde, wenn er mich hier sah? Oder wäre er so überrascht, dass er gar nichts sagen konnte? Wobei, Erik sprachlos zu machen war nicht einfach. Ich lächelte, griff nach meinem Rucksack, verstaute das Handy und stieg aus. Ans Auto gelehnt wartete ich darauf, dass Erik rauskam.

Draußen war es bitterkalt. Wir hatten Silvester hinter uns

und der Januar war der Meinung, endlich mit Minusgraden und einem eisigen Wind in diesem Winter auffahren zu müssen.

Ich steckte die Hände tief in die gefütterten Jackentaschen und vergrub das Kinn im Halsausschnitt der Jacke. Ich betrachtete das Haus, in dem Erik wohnte, genauer.

Bis heute war ich noch nie bei Eriks Wohnung gewesen. Wir hielten uns nur bei mir auf. Zu sich fuhr er ausschließlich zum Arbeiten. Sogar einen Schlüssel zu meiner Wohnung besaß er mittlerweile und ich hatte eine neue Kommode für seine Klamotten gekauft.

Es dauerte nicht lange und Erik trat vor die Haustür, die er achtlos ins Schloss fallen ließ. Als ich ihn dastehen sah, während er nach links und rechts schaute, begann mein Herz zu hüpfen. Dieser Mann war immer noch da. Egal, was ich sagte oder tat, es schreckte ihn nicht ab.

Als er endlich geradeaus blickte, sah er mich auf der gegenüberliegenden Straßenseite. Wie gut, dass er in einer Seitenstraße wohnte und kaum Verkehr war. Wie lange hätte ich sonst ausharren müssen?

Ich stieß mich vom Auto ab und überquerte die Straße. Beim Näherkommen fing ich seinen fassungslosen Blick auf. Sein Mund ging auf und wieder zu, ohne dass er ein Wort sagte. In seinen Augen schimmerte es verdächtig. Er streckte die Arme von sich und ließ sie direkt wieder fallen.

»Schau nicht so erstaunt. Daran, herzukommen, habe ich die letzten drei Wochen gearbeitet.« Schon sehr lange war ich nicht so entspannt und fröhlich an einem mir fremden Ort gewesen. Erik schaute mir in die Augen und ich sah, dass er mit den Tränen zu kämpfen hatte. Schnell wischte er sich mit dem Ärmel übers Gesicht und lächelte dann.

Dies hier war meine Art und Weise, an seiner Eröffnung teilzunehmen und ihm eine Freude zu machen. Wenigstens konnte ich ihm so ein kleines Bisschen von dem zurückgeben, was er mir in den letzten Wochen geschenkt hatte.

»Danke dir, dass du gekommen bist. Ich weiß gar nicht, was ich sagen soll«, stammelte er und ich zog ihn in eine Umarmung, bevor ich ihn küsste.

»Ich habe noch etwas für dich.« Dafür musste ich ihn leider wieder loslassen und schnallte meinen Rucksack ab. Ich holte einen zusammengebundenen Packen Papier hervor.

»Jetzt zeig ich dir, woran ich die letzten Monate gearbeitet habe. Du darfst als Erster die überarbeitete Fassung lesen. Das hat noch keiner zu sehen bekommen.« Ich hielt ihm das dicke Bündel Papier hin und er griff erstaunt danach. Mit großen Augen schaute er mich an.

Allerdings war ich wahrscheinlich ebenso aufgeregt wie er. Es war bei jedem Manuskript etwas Besonderes, wenn man es aus der Hand gab, aber dies war noch einmal eine Nummer größer und ich atmete mehrfach tief ein und lächelte ihn scheu an.

Ich konnte mir ein Grinsen nicht verkneifen, da er noch nie solange sprachlos gewesen war. Zu gern hätte ich gewusst, was ihm jetzt durch den Kopf ging. Immerhin hatte ich ihm nie verraten, woran ich geschrieben hatte, und er hatte mitbekommen, wie ich in den letzten Wochen ständig mit meiner Lektorin am Telefon gestritten hatte.

»Oh mein Gott, ich darf es lesen? Endlich erfahren, woran du die letzten Monate gearbeitet hast?« Erik erwachte aus seiner Sprachlosigkeit und blickte abwechselnd mir in die Augen und auf das Manuskript.

»Das ist mein Leben. Darin wirst du alles über mich und

meine Gedanken und Gefühle erfahren. Alles, was ich dir noch nicht sagen konnte oder wollte. Alles, was mir schwerfällt, auszusprechen, steht hier drin. Sei vorsichtig damit und lach mich nicht aus«, flüsterte ich. Er hielt es sehr behutsam in seinen Händen und ich umfasste sie mit meinen. Sie waren eiskalt.

Eine Böe erfasste uns und wehte eine Haarsträhne in seine Stirn. Sofort streckte ich eine Hand danach aus und strich sie aus seinem Gesicht, bevor ich wieder auf mein Leben in seinen Händen blickte. *Das Leben ist so einfach,* stand nur auf dem obersten Blatt.

Erik räusperte sich, bevor er seine Stimme wiederfand. »Ich würde nie über dich lachen. Und das hier«, dabei hob er die Hände mit dem Schatz darin, »werde ich hüten wie meinen Augapfel. Ich fühle mich sehr geehrt, dass ich der Erste bin, der das lesen darf.«

Durch wiederholtes Schlucken versuchte ich den aufsteigenden Kloß in meinem Hals hinunterzuwürgen, aber er war hartnäckig. Ich nickte nur, dann trat ich auf ihn zu.

»Ich liebe dich, Erik Böhner«, flüsterte ich ihm ins Ohr und nun lief tatsächlich eine einsame Träne über meine Wange. Ich hatte es gesagt. Das erste Mal. Es war so leicht, diese drei Worte auszusprechen, dass ich mich fragte, warum ich das nicht schon viel früher getan hatte. »Schreib mir nachher, wenn alle weg sind. Dann komme ich wieder und übernachte bei dir.«

Jetzt nickte er nur gerührt. So anstrengend die letzten Monate gewesen waren, so froh war ich, sie mit ihm durchgestanden zu haben. Wenn doch nur dieser blöde Kloß in meinem Hals weichen würde.

»Ich liebe dich auch.« Mehr sagte er nicht, schaute mich nur an. Ich zweifelte nicht an seinen Worten, glaubte ihm und mein Herz vollführte erneut Sprünge. In den letzten Monaten hatte ich gelernt, dass ich seinen Worten glauben konnte. Erleichterung durchflutete mich. Die Angst, bald doch alleine zu sein, steckte immer noch in mir, jedoch gelang es mir, sie in diesem Moment in eine Ecke zu schieben und nicht zuzulassen.

»Jetzt geh schon wieder hoch zu deinen Gästen. Ich komme zurück.« Ich küsste ihn zum Abschied und ging zu meinem Auto. Bevor ich einstieg, drehte ich mich um und winkte ihm. Im Rückspiegel sah ich, wie Erik immer kleiner wurde, während er mir hinterher sah, bis er aus meinem Blickfeld verschwand.

»Er liebt mich«, flüsterte ich und eine weitere Träne lief über meine Wange. Er hatte es gesagt, er liebte mich und ich hatte ihm soeben mein Leben anvertraut.

Das Leben war so einfach, wenn man nur wollte. Wenn ich nachher bei Erik war, würde ich ihm zeigen, wie schön ich es mittlerweile fand.

Ich lernte langsam, meine Narben zu beherrschen und mich nicht von ihnen beherrschen zu lassen. Es lag noch ein langer Weg vor mir, aber den gingen wir gemeinsam. Schritt für Schritt.

ENDE

Danksagung

Da ich eine Person bin, die Danksagungen immer überblättert, mach ich es kurz und bündig.

An dieser Stelle möchte ich allen ganz herzlich danken, die dazu beigetragen haben, dass dieses Buch so schön geworden ist, wie es ist, und da gehören so viele dazu. Aus Angst jemanden zu vergessen, nenne ich lieber gar keinen. Ansonsten hätte ich es in alphabetischer Reihenfolge getan.

Meine Testleser haben mich auf einige Probleme hingewiesen, auf die ich nie gekommen wäre und dank euch sind noch Kapitel hinzugekommen.

Meine Lektorin hat Emotionen aus mir heraus gekitzelt und der Geschichte dadurch mehr Tiefe verliehen und sie abgerundet. Danke dir für die tolle Zusammenarbeit.

Auf den beinahe Tod von Jonas durch Erik hat mich meine Korrektorin hingewiesen. Diesen Satz werdet ihr nicht mehr finden. Du hast die Geschichte gerettet.

Dank eines lieben Engels erstrahlt die Geschichte in diesem tollen Buchsatz. Auch hier, vielen Dank!

Ihr habt alle mit mir an diesem Roman geschrieben. Dafür sage ich: Vielen lieben Dank euch allen!

Aber was genauso wichtig ist: Ohne euch Leser würde die Geschichte nicht in die Welt getragen werden und deswegen gebührt auch euch ein ganz großes und dickes Dankeschön!

Ich hoffe, ihr seid zufrieden mit dem Ergebnis und habt die Reise von Jonas und Erik genossen.

Nachwort

Wenn dir meine Geschichte gefallen hat, stöbere doch in
meinem Autorenprofil auf Amazon.
Dort findest du noch mehr.

Außerdem triffst du mich zusätzlich auf Instagram, Twitter
und Facebook.

Homepage:
www.nellabeinen.com

Amazon:
https://www.amazon.de/Nella-Beinen/e/B07KFMRW26

Instagram:
https://www.instagram.com/nellabeinen/

Twitter:
https://twitter.com/NBeinen

Facebook:
https://www.facebook.com/NBeinen